Ich, Pablo

Für Jenny, Sidney und Mimi –
unsere Weggefährten …

Sybilla Bruni

Ich, Pablo

Bibliografische Information der Deutschen Nationalbibliothek:
Die Deutsche Nationalbibliothek verzeichnet diese Publikation
in der Deutschen Nationalbibliografie;
detaillierte bibliografische Daten sind im Internet über
http://dnb.d-nb.de abrufbar.

© 2010 Sybilla Bruni
Satz, Umschlaggestaltung, Herstellung und Verlag:
Books on Demand GmbH, Norderstedt

ISBN: 978-3-8334-7179-7

Nun bin ich also der Chef – und ganz ehrlich?
So toll, wie ich immer dachte, ist das gar nicht…

Pablo

pablo@pablo-der-hund.ch

Vorwort

„Ich, Pablo" ist die Geschichte eines Hundes, meine Geschichte.

Sie meinen, als Hund könne ich nicht schreiben? Da haben Sie recht! Aber ich lebe so intensiv mit „meiner" Blondie zusammen, dass sie ganz genau weiss, was ich schreiben würde, wenn ich könnte.

Und sie hat sich anerboten, das für mich zu tun. Ich finde das toll – und als Gegenleistung lasse ich sie auch zu Wort kommen und daraus entstand meine Geschichte, die ich erst *Blondie hat gesagt ...*" nennen wollte – bis dann aber mein Selbstbewusstsein siegte und ich dachte, es könne nur ein Titel zu mir passen, nämlich

ICH, PABLO!

Ich habe sie gesehen. Drei Stück – und alle blond. Haare wie Sonnenstrahlen. Sie standen hinter dem Fenster und schauten in meine Richtung – jedenfalls habe ich das gedacht, aber hinter mir sah man aufs Meer und vielleicht haben sie auch dahin geschaut.

In diesem Haus wohnte ein Hund und deswegen war ich eigentlich gekommen. So ein kleiner Weisser und manchmal konnte ich mit ihm spielen. Manchmal rief seine Menschin (eine von den Blonden) ihn auch ganz schnell, wenn sie mich sah. Der kleine Weisse war ein Hundemädchen, aber das hat mich da eigentlich noch nicht weiter interessiert.

Aber ein tolles Haus hatte sie, die Kleine – mit einem Pool und einem grossen Garten und allem Drum und Dran. Sie ist nicht immer dort geblieben, manchmal ist sie auch einfach abgehauen. Dann konnten wir unter den Büschen umherhetzen und wenn sie genug hatte, ging sie nach Hause und ich genoss meine Freiheit weiter. Mit der Freiheit ist das ja so eine Sache: Sie hat viele Vorteile – aber eben auch Nachteile.

Während die kleine Weisse ihr tägliches Futter bekam, musste ich zum Beispiel schauen, wo etwas übrig war. Und glauben Sie mir, ich kannte jede Mülltonne im ganzen Quartier! Manchmal waren da wahre Delikatessen drin – manchmal musste auch nur ein Stück Zellstoff herhalten, um den knurrenden Magen zu beruhigen. Oder Grünes, das nur spärlich wuchs. Ich habe mir jedenfalls den Bauch vollgeschlagen, wann immer ich etwas fand – aber einfach war es nicht.

Und das Wasser wurde knapp auf meiner Insel. Damals wusste ich natürlich noch nicht, dass ich auf einer Insel wohnte, aber ich habe später viel dazugelernt. Ich weiss zwar immer noch nicht genau, was eine Insel ist, aber jedenfalls habe ich dort gewohnt. Geschlafen habe ich unter den Büschen und ich habe keinen Ton von mir gegeben, damit mich niemand sah und hörte. An diesem Abend habe ich noch ein bisschen in den Himmel geschaut. Der Himmel ist, falls Sie das nicht wissen, so eine Art Deckel. Der Deckel hat eine Sonne, die eigentlich immer gleich ist oder manchmal auch gar nicht da, und Sterne, die aussehen wie Taschenlampen. Und dann gibt es noch einen Mond. Das heisst, genau genommen glaube ich, dass sie mehrere Monde haben, denn manchmal hängt da nur so ein ganz schmaler, dann ein etwas breiterer und manchmal auch ein ganz runder, der aussieht, als ob er ein Gesicht hätte. So hatte ich ihn am wenigsten gern. Auch, weil es dann nicht richtig dunkel wurde und ich mehr aufpassen musste. Da lief so allerlei Getier umher, das ich nicht kannte und dem ich auch vorsichtshalber aus dem Weg ging. Man weiss ja nie. Aber noch mehr gehasst habe ich es, wenn es plötzlich ganz schnell und nur ganz kurz hell wurde und anschliessend laut knallte – das war mir wirklich unheimlich.

Wie gesagt: drei Stück und alle blond – und da war übrigens noch ein Hund. Ich glaubte jedenfalls, dass es einer war, es hätte aber auch eine Katze gewesen sein können. Also: Katzen kann ich überhaupt nicht leiden. Sie fauchen und kratzen sofort, wenn man sie nur ein bisschen höflich beschnüffeln will – und versuchen Sie mal, mit einer Katze einen Abfalleimer zu teilen! Kein Drankommen! Ich habe „das Ding" mal aus der Ferne beobachtet. Es sah eigentlich hinten und vorne gleich aus, so ein weisses Fellding halt, das den ganzen Tag am Pool lag und dem seine Umwelt offenbar egal war. Manchmal sass es auch auf der Terrasse und schaute lange aufs Meer hinaus. Vielleicht hat es ja dann von der Freiheit geträumt, die für mich so selbstverständlich war – und an der ich doch plötzlich zweifelte.

Das muss ich Ihnen vielleicht noch sagen: Ich bin ein Hund, ein starker Hund – ein Bär, auch wenn ich damals fast noch ein Baby war. Gross, schwarz, mit blauen Augen – na ja, jedenfalls habe ich mal so einen gesehen und ich wollte, dass ich auch so aussehe. Und ich bin ausgesprochen tapfer. Ein Löwenherz in meiner Brust oder so ähnlich.

Bei den Menschen war ich vorsichtig geworden: Ich hatte sehr schnell begriffen, dass es da ganz verschiedene gab. Manche waren sehr nett und versuchten, mich anzufassen. Das habe ich zwar nicht zugelassen, aber wenn man mir was zu fressen geben wollte – warum nicht?

Und dann gab es noch die anderen, die Steine nach mir warfen, die mir „Hau ab!" nachriefen und die mir einen Tritt gaben. Am Anfang dachte ich noch, Kinder – Kinder sind kleine Menschen – wären anders. Aber dann habe ich schnell gelernt, dass es bei den Menschen wohl egal ist, ob sie gross oder klein sind: Gerade die haben mich am meisten geärgert, am Schwanz gezogen und so. Heute haben sie bei mir einen ähnlichen Stellenwert wie Katzen ... man kann ihnen nicht trauen.

Und doch: So dunkel erinnerte ich mich, dass ich mit Menschen auch gute Erfahrungen gemacht habe – das muss wohl gewesen sein, als ich noch ganz klein war. Irgendwie hatte ich noch im Kopf, dass sie sehr lieb sein können. Dass sie einen füttern, einem Wasser bringen und dass man manchmal sogar auf einem Bett neben ihnen schlafen kann – auf so einem, wie es die kleine Weisse auf ihrer Terrasse hatte und auf dem ich gar zu gerne einmal geschlafen hätte, wenn, ja wenn ich nur nicht so Respekt vor ihren Menschen gehabt hätte ... Vielleicht habe ich aber auch nur geträumt. Und als eine von den Blonden das Fenster öffnete und auf mich zugehen wollte, traute ich der Sache doch lieber nicht, lief schnell weg und verkroch mich unter meinen Büschen, wo mich niemand mehr sehen konnte.

***

Ich habe ihn gesehen. Zusammen mit Brigitte, der das wunderschöne Ferienhaus auf der Mittelmeer-Insel gehörte, und Barbara stand ich am Fenster und schaute aufs Meer hinaus – und da war er plötzlich. Oben auf der Bruchstein-Mauer. Ich konnte nicht genau erkennen, ob er ein junger Hund war, der noch wachsen würde, oder ob er einer mittelgrossen Rasse angehörte. Er schien grösser zu sein als Jenny und Mimi und doch – nicht wirklich gross.

Er war weiss mit hellbraunen Flecken, und jemand hatte ihm offensichtlich die Haare abgeschnitten. Es sah so aus, als ob er ein Halsband trüge. Seine kurzen Ohren standen mit einem Knick nach unten ab und gipfelten in einer lustigen Haarspitze. Er hatte strahlend weisse gleichmässige Zähne, mit denen er uns aus der Entfernung anzulachen schien.

„Wem gehört er?", fragte ich Brigitte, denn ihr Haus lag in einer Gegend, in der man nicht nur die Nachbarn, sondern auch die Nachbar-Hunde und Nachbar-Katzen kannte. „Ich weiss es nicht", antwortete sie, „aber er kommt schon seit etwa fünf Wochen immer mal wieder hierher. Ich denke, er will zu Mimi. Ich schicke ihn aber weg – ich will nicht, dass er sich an uns gewöhnt, und dann gehen wir fort und er versteht die Welt nicht mehr."

„Armer Kerl!", mischte sich Barbara ein. „Man muss doch etwas machen!" Barbara, mit einem Herzen so gross wie ein Fussballfeld – vor allem, wenn es um Tiere ging. Etwas machen, hm. „Vielleicht gehört er ja jemandem", gab ich zu bedenken, liess ihn aber nicht aus den Augen.

„Glaub ich eher nicht", meinte Brigitte, „ich denke vielmehr, dass er zu irgendwelchen Hippies gehört hat, die dann weitergezogen sind und ihn dagelassen haben, das machen die hier so."

Die Gegend, in der das Haus stand, war abgelegen. Es stand oben auf den Klippen und das war eigentlich kein Platz, an dem sich Hunde trafen. Die sah man im Ort, wenn sie über die Strassen liefen, immer eventuelle Abfälle oder an den Strassen stehende Mülltonnen im Auge. Wo also kam dieser Hund her?

„Warten wir mal ab!", sagte ich und fühlte mich total souverän. „Wenn er morgen auch wieder kommt, können wir ja weiter- sehen."

Trotzdem dachte ich, ich könnte ja mal einen Schritt nach draussen machen – und ich war sicher, dass auch er uns beobachtet hatte. Aber als ich das Fenster öffnete und auf ihn zugehen wollte, lief er schnell weg und verschwand in den Büschen. Da hoffte ich noch, er würde nach Hause laufen und am nächsten Tag sicher nicht wiederkommen.

***

In dieser Nacht habe ich schlecht geschlafen – warum, weiss ich eigentlich auch nicht. Irgendwie hatte das mit den Blon- dinen zu tun. Ich habe sie für mich mal nummeriert, da- mit ich nicht die Übersicht verliere: Also, da war Blondie

Nummer eins, sie war gross und blond und, na ja, eher rundlich. Jedenfalls sah sie nicht so aus, als ob sie in der letzten Zeit Hunger gehabt hätte. Dann war da Blondie Nummer zwei, sie war etwas kleiner und hatte so eine total liebe Stimme, und Blondie Nummer drei habe ich ja schon ein paar Wochen lang beobachtet. Ohne dass sie es wusste, natürlich, und sie ist die Menschin von der kleinen Weissen – und ganz sportlich.

Etwas in meinem Kopf hatte sich erinnert, aber ich wusste beim besten Willen nicht, woran. So schlich ich mich früh aus meinen Büschen. Das war sowieso besser: Am Morgen war es noch nicht so warm und es waren auch noch nicht so viele Leute unterwegs, die mich fortscheuchen konnten – da war die Welt wirklich noch in Ordnung. Aber nicht sehr lange. Meine Abfall-Tonnen-Runde war nicht sehr ergiebig und mein Magen knurrte. Wahrscheinlich waren mir die verdammten Katzen wieder zuvorgekommen. Und mit der schönen Aussicht aufs Meer allein hatte man auch nicht gegessen.

Ich überlegte mir kurz, ob ich wohl die drei Blonden dazu bringen könnte, mir etwas zu kauen zwischen die Lefzen zu stecken, aber dann verwarf ich den Gedanken doch wieder schnell. Warum sollten sie schliesslich? Es war ja nicht so, dass ich Angst hatte – wie gesagt, ich bin ein Bär. Aber andererseits: Sie sind Menschen.

Also lief ich erst mal kreuz und quer über meine Insel, von der ich nicht wusste, dass sie eine Insel war, und beobachtete, ob irgendwo etwas hingestellt oder hingelegt wurde. Ich hatte auch schon Glück gehabt: In Häusern, in denen Katzen wohnten, wurde für sie Futter rausgestellt und wenn ihre Menschen gerade nicht schauten und sie nicht da waren, konnte ich mich manchmal daran gütlich tun. Wenigstens für etwas waren also diese Biester gut! Aber heute war nicht mein Tag – ich fand rein nichts.

Lustlos kaute ich auf ein paar Gräsern herum und tat einen gewaltigen Satz, als mich von hinten eine Eidechse erschreckte. Die kann man auch nicht wirklich essen – und auch fangen ist nicht so einfach, sie sind sehr schnell. Ich sage das nur für den Fall, dass Sie noch nie eine Eidechse gejagt haben.

Ich lief also mal probeweise auf das schöne Haus zu und ich sah aus der Ferne, dass zwei von den Blonden auf grossen Stühlen am Pool lagen. Zusammen mit dem Fellding, das ich mal Mopp nennen will. Ich konnte aber nicht sehen, ob sie etwas zu essen hatten, und sie redeten in einer Sprache, die ich nicht kannte. Und doch: Irgendetwas kam mir auch da bekannt vor. Wo hatte ich das bloss schon einmal gehört?

Am späten Nachmittag knurrte mein Magen so laut, dass ich leise winseln musste, damit mir das Geräusch nicht selbst auf die Nerven ging. „Kerl", dachte ich, „du bist ein Bär. Was also soll dich daran hindern, mal näher ranzugehen und zu schauen, was passiert?"

Blondie Nummer eins und Nummer zwei kamen auf mich zu und riefen etwas und das hat mich so erschreckt, dass ich sofort wieder kehrtum machte. Aber nur bis unter den nächsten Busch, wo sie mich zwar nicht sahen, ich sie aber beobachten konnte. Die eine redete auf die andere ein und kurz darauf verschwanden beide im Haus, kamen dann aber sehr schnell wieder heraus und hatten irgendetwas in den Händen, das sich sehr schlecht identifizieren liess.

Jedes Mal, wenn sie einen Schritt vorwärts auf mich zu machten, machte ich einen zurück. Das Spiel hätten wir theoretisch so lange weitermachen können, bis wir alle zusammen im Meer gelegen hätten – aber man will ja auch nicht zu kindisch sein. Ich blieb also einmal stehen. Genau genommen aber auch nur, weil ich mich gedreht hatte und plötzlich hinter mir eine Mauer war, so dass ich gar nicht mehr weiter konnte – und so kamen sie mir näher.

Mit zuckersüssen Stimmen redeten sie auf mich ein. Zuckersüsse Stimmen – da war es wieder, das kannte ich: Aber war das nun bei den guten Erfahrungen oder bei den schlechten?

Eine definitiv gute neue Erfahrung war jedoch, dass sie eine kleine Schüssel und einen grossen Eimer hinstellten und in gebührendem Abstand erst einmal abwarteten.

Langsam pirschte ich mich ran, manchmal ist ja der Magen wichtiger als der Verstand, und in der kleinen Schüssel war Futter, so gut, wie ich es schon lange nicht mehr gehabt hatte, und im Eimer frisches Wasser. Ich fiel darüber her, liess aber vorsichtshalber mein grauslichstes Knurren ertönen und nachdem ich in Windeseile alles gefressen und gesoffen hatte, rannte ich davon.

***

Am nächsten Morgen, als ich aufwachte, fiel mir der Hund sofort wieder ein. Ich war mir nicht sicher, was ich mir eigentlich mehr wünschte: dass er wiederkäme oder dass er fortbliebe. Der kleine Kerl hatte bei mir einen bleibenden Eindruck hinterlassen und ich konnte mir gar nicht erklären, warum.

16

Barbara schien es ähnlich zu gehen, jedenfalls trafen wir uns beide vor dem Fenster und taten so, als ob wir aufs Meer hinaus schauten. Aber solange wir das auch probierten: Kein Hund war zu sehen. Auf eine Art war ich erleichtert – auf die andere aber auch enttäuscht.

Wir verbrachten einen entspannten und doch irgendwie gespannten Tag am Pool und plötzlich, am späteren Nachmittag: Da war er. Er stand wieder oben auf der Mauer und beobachtete uns lange – und plötzlich kam er zögernd näher.

„Komm, wir gehen mal zu ihm!", sagte Barbara. „Warte schnell hier, ich hole einmal Futter – wenn er sich überhaupt anfassen lässt, dann nur übers Futter", gab ich zurück und rannte ins Haus, um eine Dose Hundefutter zu holen. Die gehörte eigentlich Jenny, meinem Lhasa Apso, meiner „ständigen Begleiterin". Sie war schon oft mit mir um die halbe Welt geflogen, man konnte sie nicht stressen. Auf der Insel, die sie schon einige Male besucht hatte, lag sie tagelang am Pool und liess sich die Sonne auf den Pelz brennen – oder schaute aufs Meer hinaus und beobachtete die Möwen. Und den Hund natürlich, der sie dann aber doch nicht weiter interessierte. Mimi, die weisse Westie-Hündin von Brigitte, war zwar ihre Freundin, aber genau genommen gingen die beiden Hündinnen sich aus dem Weg. Ausser, wenn es um Futter ging – dann kamen sie beide.

Mit einer Büchse Hundefutter und einem Eimer mit Wasser kam ich zurück und wir liefen auf den Hund zu. Für jeden Schritt, den wir vorwärts taten, tat er einen zurück und ich dachte: „Das wird wohl nix."

Er hatte sich leicht gedreht und stand plötzlich mit dem Hinterteil vor einer Mauer, so dass wir uns vorsichtig nähern konnten. Er fing ganz fürchterlich an zu knurren und wir waren erst einmal sprachlos. Dann stellten wir die geöffnete Büchse und den Eimer hin und gingen ein paar Schritte zurück. Ganz langsam näherte er sich dem Futter und dem Wasser, er liess uns dabei nicht aus den Augen und sein Geknurre wurde dabei immer drohender.

„Gute Nacht um fünf", dachte ich, „wenn das so weitergeht, werden wir ihn nie anfassen können – geschweige denn etwas anderes."

Dann hatte er das Futter gierig hinuntergeschlungen und auch reichlich Wasser getrunken, drehte sich um und lief weg. „Na ja", sagte ich zu Barbara, „da haben wir ja vermutlich grosses Glück, wenn wir ihn bis zu unserer Abreise überhaupt anfassen können." – Wir wollten ja nur eine Woche bleiben.

Weil wir keine Ahnung hatten, wo er hingerannt war, und weil wir nun unbedingt wissen wollten, wem er gehörte, liefen wir das ganze Quartier ab. Aber wen immer wir fragten: Keiner hatte ihn gesehen oder hatte eine Ahnung, wem er gehörte.

Vor einem der Häuser sass ein Herr in Badehose – schwarze Haare, sehr spanisch. In unserem besten „Spanisch" fragten wir ihn, ob er einen weiss-braunen Hund, mittelgross, gesehen habe oder ob er wisse, wem der gehöre. In genauso gutem „Spanisch" antwortete er, dass er ihn nicht gesehen habe und auch nicht wisse, wer einen solchen Hund habe. Erst viel später konnten wir darüber lachen, als wir hörten, dass sich da drei Schweizer auf Spanisch hatten verständigen wollen. Vielleicht kommt ja daher die Phrase „Das kommt mir spanisch vor ... "

Zusammen mit Barbara schlich ich mich zurück auf unsere Pool-Liegen und wir taten so, als ob das Thema erst einmal erledigt wäre. Dabei hingen wir beide unseren (gleichen) Gedanken nach – und als wir einander in die Augen schauten, wussten wir das auch. Und warteten auf den nächsten Tag.

***

Auch in der nächsten Nacht hatte ich nicht gut geschlafen. Vielleicht hatte ich zu gierig gefressen, vielleicht bekam mir auch das ungewohnt gute Futter nicht besonders. Der Bauch zwickte und zwackte mich überall, bis es mich dann schüttelte und ich, na ja, eigentlich „rückwärts" gegessen habe.

An Schlaf war dann nicht mehr zu denken und am frühen Morgen, als es langsam hell wurde, habe ich mir hin und her überlegt, ob da, wo das gute Futter herkam, vielleicht noch mehr wäre. Ich dachte mir, ich könnte ja einmal vorsichtig schauen gehen.

Langsam schlich ich auf das schöne Haus zu – und plötzlich ging das Fenster auf und Blondie Nummer drei stand da. Sie hat ganz lieb auf mich eingeredet, so was wie: „Jööö, du Armer!", und ich habe gedacht: „So, jetzt läufst du einmal nicht weg, jetzt bleibst du da", und habe all meinen Mut zusammengenommen. Und das lohnte sich dann auch, denn Blondie Nummer drei hatte plötzlich Futter von der kleinen Weissen in der Hand, das sie mir hinwarf und das ich mir mit langen Zähnen schnappte.

Plötzlich ging noch ein Fenster auf und Blondie Nummer zwei stand da. Die beiden haben miteinander geredet – in der Sprache, die ich nicht verstand – und dann ist Blondie Nummer zwei langsam auf mich zugekommen.

„Du bist ein Bär – du bist ein Bär – du bist ein Bär – bleib stehen!!!", dachte ich mir – und schwups, ehe ich mich's versah, hatte Blondie Nummer zwei mich gepackt und in das schöne Haus getragen. Ich war schlicht und einfach sprachlos.

Damit nicht genug. Als Nächstes schleppte sie mich in eine Nische, aus der ich nicht herauskonnte, weil sie davorstand und bei der Wasser aus den Wänden kam. Haben Sie so etwas schon einmal gesehen? Ich jedenfalls sah es zum ersten Mal und gleich darauf blieb mir auch noch die Spucke weg, als Wasser und dann noch irgendetwas Kaltes über mich lief. Dabei hat sie immer auf mich eingeredet und so dachte ich schliesslich: „Na, im Moment kannst du ja auch nicht viel anderes tun, als dich ergeben" – und so tat ich das. Sogar das Knurren ist mir vor Schreck vergangen.

Sie hat mich dann aber auch wieder trocken gerubbelt und mir ein Bett aus Tüchern in ihrem Zimmer gemacht. Zimmer sind Mauern und die kannte ich ja auch schon von draussen, aber der Unterschied bei Zimmern ist, dass sie Fenster mit Glas haben, aus denen man rausgehen kann, und eine Decke, damit man nicht nass wird, wenn es regnet. Also fast wie der Himmel, ausser halt, dass es aus dem manchmal wie aus Kübeln giesst, und ich glaube, das können Decken dann doch nicht. Ausserdem haben Zimmer Bretter da, wo man rausgeht. Die heissen Türen und sind meistens geschlossen, wenn man sie benutzen will. So auch in diesem Fall. Fenster und Türen waren zu und ich dachte: „Na gut, warum nicht ein Schläfchen auf den schönen Tüchern machen? Müde genug bist du ja nach all dem Stress und sie sind so schön weich." Ausserdem hatte Blondie Nummer zwei dauernd an mir rumgezupft und ich wusste nicht, was ich davon halten sollte – sehr begeistert war ich jedenfalls nicht. Aber ich wollte ja auch nichts falsch machen, und so liess ich sie halt zupfen.

Plötzlich merkte ich, dass Blondie zwei gar nicht allein in dem Zimmer war. Da lag noch ein Mann im Bett, der mich und Blondie zwei ziemlich konsterniert anschaute. Bei dem liess sie mich dann, als sie das Zimmer verliess – und kurz darauf kam sie mit Blondie Nummer eins zurück.

Blondie Nummer eins schaute mich lange an und dann kam sie langsam auf mich zu. Sie redete auf mich ein und vorsichtig wackelte ich ein bisschen mit dem Schwanz und dachte: „Ach, ist die aber nett!" Die beiden Blondies tuschelten miteinander und verschwanden dann beide – und ich sagte mir: „Na, der Mann schläft ja wieder friedlich, schlaf du halt auch, was willst du auch sonst machen?" Richtig geschlafen habe ich dann aber doch nicht, weil sie mir wieder von dem guten Futter brachten – und ich bitte Sie: Hätten Sie da nein gesagt? Ich nicht!

Und als ich gegessen und getrunken hatte, ging die Schau erst richtig los. Sie machten mich an einer Schnur fest und sagten mir, ich solle in eine von diesen Kisten mit vier Rädern steigen, die Auto hiessen und die überall auf den Strassen umherfuhren und die ich auf den Tod nicht ausstehen konnte, weil sie mir sehr gefährlich erschienen und weil sie ausserdem so laut waren, vor allem, wenn sie hupten.

Diese Kiste gehörte Peter, und Peter war der Mann von Blondie Nummer drei und der Chef der kleinen Weissen.

Ich habe mich, so gut ich konnte, gegen das Einsteigen gesträubt, mit allen vier Beinen und meinem ganzen Körper, aber es nützte nichts: Sie haben mich reingehoben. „Du grundgütiger Hunde-Himmel!", dachte ich. „Wo bist du denn jetzt hingeraten?" – und ich hatte keine Ahnung, wie ich aus diesem Schlamassel jemals wieder herauskommen sollte.

Während der Fahrt mit dem Auto spürte ich plötzlich wieder das gleiche Gegrummel in meinem Bauch, das ich in der Nacht vorher schon erlebt hatte – und bevor ich wusste, wie mir geschah, lag, platsch, das ganze schöne Essen in Peters Auto.

Weil Blondie Nummer eins „Haaaalt!!!" geschrien hatte, hielt Peter an der Seite an und Blondie hob mich schnell aus dem Auto und versuchte dann, während ich ratlos danebenstand, das Malheur zu beheben. Mann, war mir das peinlich! Ich setzte meinen besten „Ich-bin-unschuldig!"-Blick auf und es hat auch niemand geschimpft, aber unangenehm war es mir doch. Wir konnten dann aber doch weiterfahren und nach einer Zeit hielten wir wieder an. Die Blondies und ich sind dann ausgestiegen und zu einem Mann gegangen, der „veterinario" hiess, und der war eigentlich auch ganz nett. Aber da, wo er wohnte, fand ich viele verschiedene Gerüche – vor allen Dingen auch Gerüche nach Schweiss und Angst von Hunden. „Oh du meine Güte!", dachte ich und mein Herz schlug wie wild. „Was passiert da bloss?" Aber ich hätte gar keine Angst haben müssen: Der Mann hat mich nur angeschaut. In die Augen, in die Ohren, in die Schnauze, er hat irgend so ein Ding gehabt, das er an mich gedrückt hat, und er hat mich überall befummelt und dann hat er mich noch ein paar Mal gepiekst. Vor Schreck habe ich aber vergessen zu schreien – und darin bin ich sonst gut.

Er hat gesagt, dass ich „ein schöner Kerl" sei (ich bitte Sie, was hat er denn erwartet? Das hätte ich ihm auch selbst sagen können – aber auf mich hört ja niemand) und etwa acht Monate alt. Und dass ich gesund sei. Sie haben dann noch lange miteinander geredet, aber weil ich schon müde war, habe ich nicht mehr richtig hingehört und ich habe sowieso immer nur „Bahnhof" verstanden. Dann haben sie eine Leine und ein Halsband gekauft und Hundefutter und haben gesagt: „O. k., jetzt bleibst du bei uns und du heisst Pablo und du kommst mit uns in die Schweiz", oder so ähnlich – ich war ziemlich gestresst und erinnere mich nicht mehr so genau.

Im Café nebenan haben die Blondies dann noch etwas getrunken und heftig miteinander diskutiert und ich habe mich ruhig danebengelegt. Erstens, weil ich zeigen wollte, dass ich wirklich ein toller Hund war – und zweitens, weil ich auch wirklich k. o. war nach all diesen Ereignissen. „Mitkommen" – was hiess das wohl? Aber wenn sie ja Futter gekauft hatten und ein Halsband und eine Leine – war das dann für mich? Ich entschloss mich, mich überraschen zu lassen, und dann sind wir in Peters Auto wieder zurück in das schöne Haus gefahren. Dort haben sie mich noch einmal gebadet und mir achtzehn Zecken entfernt. Und von da an wurde alles anders.

***

Am nächsten Morgen in aller Frühe klopfte es an meine Zimmertür. Barbara öffnete sie einen Spalt und flüsterte: „Komm schnell, ich habe den Hund bei mir im Zimmer!" Hund? Ich gehöre morgens nicht unbedingt zu den Schnellsten, aber plötzlich fiel der Groschen und ich sprang aus dem Bett.

Und da lag er – in Barbaras Zimmer, auf einem Haufen Hand-
tücher, und im Bett lag Toni, Barbaras Mann, und blickte mich
genauso flehentlich an wie der Hund. „Ich habe ihn schon seit
fünf Uhr morgens da", sagte sie, „ich habe Brigitte draussen reden
gehört, sie sagte: ‚Armer Kerl!', oder so und da musste ich nach-
schauen. Und er ist nicht weggelaufen und als Brigitte wieder ins
Haus ging, habe ich ihn gepackt und mit reingenommen. Ich habe
ihn schon gebadet – und er hat eine Unmenge Zecken."

Ich schaute den kleinen Kerl an, der mir hoffnungsvoll und mit
schräg aus der Schnauze hängender Zunge entgegenblickte. Es war
kein Halsband, das wir gesehen hatten, sondern ein altes Flohband.
Irgendwo musste er also gewohnt haben – und irgendjemand hatte
ihm die Haare buchstäblich abgesäbelt. Er hatte einen sehr aus-
sergewöhnlichen „Stufen"-Schnitt – und neben seinen auffallend
schönen Zähnen dunkle Knopfaugen. Vorsichtshalber fütterten wir
ihn erst einmal und gaben ihm Wasser.

Mittlerweile hörten wir Brigitte und Peter und beschlossen, Farbe
zu bekennen. Peter würde nicht allzu begeistert sein, das wussten
wir, aber Brigitte würde uns verstehen und darauf vertrauten wir
auch.

„Hm", fingen wir an, „wir haben den Hund – nun ja, in Barbaras
Zimmer und wir würden gerne mit ihm zum Tierarzt fahren." Peter
schwieg, schüttelte den Kopf – und erklärte sich doch bereit, uns zum
„veterinario" zu fahren.

Der Kleine stemmte sich mit allen vieren gegen den Boden, als er
ins Auto einsteigen sollte, aber wir halfen ihm nach. Auf halbem
Wege fing er plötzlich an zu würgen und schneller, als ich schauen
und „Haaalt!" rufen konnte, lag der ganze Dosen-Inhalt vor mei-
nen Füssen. Peter sagte kein Wort und ich wusste, dass ihm das

unheimlich schwerfiel. Nachdem er angehalten hatte, säuberte ich das Auto, so gut es ging. Dann fuhren wir weiter.

Beim Tierarzt angekommen, liess unser Findling alles apathisch über sich ergehen. Der Arzt kontrollierte ihn von vorn bis hinten und erklärte ihn für gesund. Er sagte uns, dass er etwa acht Monate alt sei. Naiv fragten wir ihn, ob er eine Ahnung habe, wem der Hund gehören könnte, und er sagte uns, was wir eigentlich nicht wissen wollten: „Wenn er in dieser Gegend allein umhergelaufen ist, wurde er sicher ausgesetzt." Ausgesetzt – und ein Baby noch! Das ging mir ganz gewaltig gegen den Strich – und Barbara auch, ich konnte es ihr ansehen. Brigitte hielt sich vorerst raus.

„Was machen wir jetzt?" Plötzlich stand die Frage im Raum und ich hatte keine Ahnung, wie es kam, dass ich plötzlich sagte: „Wir nehmen ihn mit!" Beide schauten mich erst einmal gross an. „Nun, irgendjemand wird doch sicher einen Hund brauchen können. Monikas Hund zum Beispiel ist kürzlich gestorben, und sie wollen wieder einen … oder Marianne …" Wenn ich aber ehrlich sein will, so glaube ich, dass ich damals schon etwas ganz anderes im Hinterkopf hatte …

„Das heisst, erst müssen wir mal abklären, ob er irgendwo vermisst wird – wir können ihn ja nicht einfach so mitnehmen", kam mir immerhin noch in den Sinn und wir baten den Tierarzt, bei der Polizei und im örtlichen Tierheim anzurufen, um abzuklären, ob irgendwo ein Hund, auf den seine Beschreibung passte, vermisst wurde. Aber eigentlich kannten wir ja auch die Antwort schon im Voraus: Er wurde nicht vermisst.

„Also", erklärte ich, „wir nehmen ihn mit. Ich kümmere mich schon darum." – „Und ich werde seine Patentante und selbstverständlich übernehme ich auch einen Teil der Kosten", sagte Barbara, auf die zu Hause ein grosser Saluki wartete. Und auch ich hatte im Moment *ganz vergessen, dass ich ja schon Jenny hatte. Andererseits: Ich hatte seit vielen Jahren immer zwei Hunde gehabt, und unser Charly war vor zwei Jahren gestorben – Jenny war nun allein. Zwar hatte ich mir vorgenommen, nur noch einen Hund zu haben – aber das war „gestern" gewesen.*

Ich bat den Tierarzt, ihm die für den Transport nötigen Impfungen zu geben und einen Chip zu setzen, und als er diesen hatte, bekam er einen Pass und darin musste sein Name eingetragen werden. Sein Name – ja: wie hiess er denn?

„Das Kind muss einen guten spanischen Namen haben", meinte ich. „Wie wäre es denn mit Paco?", fragte Brigitte. „Nee, geht nicht, ich hatte mal einen Papagei, der so hiess, und der hat mir die halbe Wohnung abgeholzt – ich habe da nicht unbedingt positive Erinnerungen. Aber wie wäre es mit Pablo? Seid ihr einverstanden?" Eigentlich hätte es mir ja egal sein können, wie er hiess, weil ich ihn ja angeblich weitergeben wollte.

Trotzdem wurde er an diesem Morgen auf den Namen „Pablo Harald" getauft. Pablo Picasso, Pablo Casals, Pablo Neruda, keine schlechte Grundlage – und Harald, weil ein Jugendschwarm von mir so hiess, der genau an diesem Tag Geburtstag hatte, und das war mir, als wir das Datum in die Papiere setzen liessen, plötzlich wieder eingefallen. Ein Geburtsdatum musste im Pass auch eingetragen werden und wir rechneten zurück. Irgendwann im Oktober musste er geboren worden sein, wenn er nun acht Monate alt war, und Brigitte fragte: „Können wir nicht den 5. Oktober nehmen? Das ist der Tag, an dem ich Peter kennengelernt habe." So was bringt ja bekanntlich Glück – und damit hatte er auch ein Geburtsdatum.

5. Oktober – im Horoskop also eine Waage, auch wenn der effektive Tag seiner Geburt um ein paar Tage abweichen konnte, und ich dachte mir, dass wir uns vermutlich gut vertragen würden. Oder war er gar der Waage-Partner, der für mich als Zwillings-Frau immer als idealer Lebens-Begleiter gepriesen wurde? Nun, die Zeit würde es zeigen. Falls er bei mir bliebe ...

Der frische „Pablo" liess alles geduldig über sich ergehen und als wir anschliessend mit einem Glas Cava auf sein Wohl anstiessen und ihn mit ein paar Tropfen tauften, legte er sich neben uns, als ob er immer schon dahin gehört hätte – und zum ersten Mal kam mir da der Verdacht, dass er sich ganz clever in mein Leben und in mein Herz hineinkatapultiert hatte – und dann fuhren wir wieder zurück in das wunderschöne Haus auf der wunderschönen Mittelmeer-Insel. Wir badeten ihn noch einmal und entfernten achtzehn Zecken. Und von da an wurde eigentlich alles anders.

***

An diesem Abend wurden meine kühnsten Träume wahr: Ich durfte im Zimmer von Blondie zwei auf den Tüchern schlafen. Solange ich müde war, fand ich das auch ganz toll – aber als am Morgen die Sonne aufging, wollte ich meiner üblichen Tätigkeit nachgehen: umherstreunen und Futter suchen.

Blondie zwei – sie heisst übrigens, habe ich herausgefunden, „Barbara" (und so will ich sie nun auch nennen) – war damit gar nicht einverstanden. Sie sagte mir, ich solle da bleiben, wo ich sei – und sie wolle noch schlafen. Und ich konnte ja nichts machen. Fenster und Tür waren geschlossen, also wartete ich erst einmal ab.

Plötzlich waren dann wieder alle drei Blondies da und auch Peter und Toni, die kleine Weisse (die im Übrigen, das erfuhr ich bei der Gelegenheit, Mimi hiess) – und das Fellknäuel, der Mopp, war auch da. Ich konnte es einmal genauer inspizieren, und siehe da, es war wirklich ein Hund. So einen hatte ich noch nie gesehen und ich fragte mich auch gleich, ob die langen Haare wohl hier in der Sonne so praktisch waren. Na ja, das arme Ding konnte ja nichts dazu. Sie war ein Hunde-Mädchen und hiess eigentlich Jenny. Offenbar gehörte sie zu Blondie Nummer eins und ich war gerade neidisch, als ich sah, wie lieb die beiden miteinander umgingen. Das könnte mir auch gefallen. Aber da Blondie Nummer eins ja nun schon einen Hund hatte, die Jenny, und Blondie Nummer drei die Mimi, dachte ich mir, ich würde mich wohl besser vorerst einmal an Barbara halten. Dass sie zu Hause einen grossen Hund, den Esref, hatte, wusste ich ja da noch nicht. Ach ja, und falls ich es noch nicht erwähnt habe, Blondie Nummer drei hiess „Brigitte". Und damit konnte ich nun auch endlich mit dieser dummen Nummerierung aufhören, es gab nun Barbara und Brigitte – und Blondie.

Ich dachte jedenfalls nur: „Mach deinen besten Eindruck, vielleicht füttern sie dich dann ja wieder!" – ja, ich weiss, das ist sehr egoistisch, aber als alleinstehender Hund ist man ja schliesslich auf alle Möglichkeiten angewiesen – und das taten sie dann wirklich. Traumhafte Zustände – und ich beschloss, erst einmal in ihrer Nähe zu bleiben. Später gingen sie wieder raus und legten sich neben den Pool und ich dachte: „Na, wenn das so schön ist, kann ich das ja auch mal probieren", und legte mich unter den Liegestuhl von Blondie.

Anfangs war es auch tatsächlich schön, aber dann wurde es mir irgendwann langweilig – die Freiheit rief. Also machte

ich mich auf die Socken und bis ich das ganze Quartier ab-
gelaufen und kontrolliert hatte, ob noch alles in Ordnung
war, war es schon etwas später geworden. Bevor ich mich
unter den Büschen verkriechen konnte, kam mir in den
Sinn, dass ich ja nun plötzlich möglicherweise auch eine
andere Option hätte: Vielleicht durfte ich ja wieder im Zimmer von Barbara schlafen? Fragen konnte man ja wohl mal.
Also lief ich wieder zurück zum schönen Haus – und da
waren sie noch alle und schienen sich wirklich zu freuen,
als ich wiederkam. Da freute ich mich auch und beschloss,
vielleicht sogar etwas länger zu bleiben. Blondie nahm
mich zu sich und redete auf mich ein. Sie wollte etwas für
meine Bildung tun, sagte sie, und dass ich jetzt ja nun „Pablo" hiesse und einen Pass hätte, einen spanischen. Genau
genommen wusste ich natürlich gar nicht, was ein Pass
ist – aber den brauchte ich wohl, weil sie mich mitnehmen
wollten. Mitnehmen? Wie geht das?

Und Blondie erklärte mir dann, dass wir alle auf einer sogenannten Weltkugel leben und dass diese rund ist. Das
glaubte ich auch sofort, weil, wenn ich zum Meer gelaufen
bin, dann musste ich immer runterlaufen – und zurück ging
es immer aufwärts. Das ist doch das beste Zeichen dafür,
dass die Kugel rund ist! Sie hat aber auch gesagt, dass es auf
dieser Welt verschiedene „Länder" gibt. Das ist so etwa, wie
es auf meiner Insel verschiedene Dörfer gibt, und die habe
ich ja schon beim Streunen ein bisschen kennengelernt. Nur
dass diese Länder viiiel grösser sind. Und das Land, in dem
meine Insel lag, hiess Spanien. Und das Land, in das wir
reisen sollten, hiess Schweiz. Blondie lachte, als sie sagte,
die Schweiz sei auch eine Insel – und ich dachte: „Mir soll's
recht sein. Solange ich das Meer habe und meistens schönes
Wetter und vielleicht noch regelmässiges Futter und Was-

ser" – na ja, weit vom Paradies war das dann nicht mehr weg. Schweiz – ich komme!

Und Blondie legte offenbar Wert auf Bildung – na, an mir sollte es nicht liegen, da wollte ich gerne mithalten. Und sie hat mir noch eine Menge erzählt und ich war sprachlos. Was die alles wusste! Ich habe mir grosse Mühe gegeben ihr zuzuhören. Ich wollte von ihr lernen, sie verstehen. Und das wollte ich auch in Zukunft so machen: All die wunderbaren Sachen, die sie wusste, wollte ich auch wissen und kennenlernen – über die Welt, über das Leben.

Und sie sagte, dass sie mir „Manieren" beibringen wollte, und ich dachte: „Na ja, beibringen hört sich ja schon mal ganz gut an" – wenn sie damit Futter meinte. Dass sie dafür ein ganz gutes Händchen hatte, hatte sie ja schon bewiesen.

Und dann sagte sie noch, dass sie jetzt meine „Mama" sei – aber da muss sie sich wohl geirrt haben. Dunkel kann ich mich nämlich noch an meine Mama erinnern. Sie hatte auf jeden Fall auch vier Beine wie ich und ein ganz weiches Fell – aber wenn Blondie das so meint: Bitte schön, ich kann über so kleine Irrtümer hinwegsehen, mich soll es nicht weiter stören. Wenn ich genau darüber nachdenke, finde ich es sogar auch schön, wieder eine Mama zu haben.

Und dass wir ein Rudel seien, hat sie auch gesagt. Sie, der Mopp und ich. Rudel, auch da kann ich mich erinnern: Das sind mehrere Hunde, die zusammen wohnen. Ich bin mir nun aber gar nicht mehr sicher, ob sie nun denkt, sie wäre auch ein Hund. Sie hat nämlich auch noch gesagt, sie sei der Chef vom Rudel. Als junger Hund lernt man ja, dass man später einmal die älteren Rudelführer ablösen muss – und so, wie sie aussah, war es sicher höchste Zeit für sie. Mal schauen, wie ich ihr das klarmachen konnte. Ich hätte mir auch ohne weiteres vorstellen können, ein Einzelhund zu sein, aber ich wollte mein Schicksal nicht herausfordern.

Plötzlich wurden die drei Blondies hektisch. Sie müssten mich bei der Fluggesellschaft anmelden, sagten sie, und überhaupt: Worin konnte ich reisen? Für das Flugzeug-Innere sei ich zu gross – klar, ich bin ja ein grosser schwarzer Hund. Flugzeuge sind diese Dinger, die aussehen wie grosse Käfer und die am Himmel fliegen und immer Lärm machen, wenn man ihn gerade nicht gebrauchen kann. Ich hatte aber keine Ahnung, was sie mit dem Flugzeug vorhatten.

Sowieso hatte ich keine Ahnung, wovon sie redeten – aber eigentlich war das ja auch nicht mein Problem.

Der Kontakt mit den beiden Hundemädchen gestaltete sich nicht ganz so, wie ich es gerne gehabt hätte. Mimi zeigte mir die kalte Schulter – und der Mopp knurrte mich an: „Hau ab!" Dabei hätte mich doch gerade Blondie interessiert. Um ihr das zu zeigen, nahm ich von Zeit zu Zeit einen Anlauf und wenn sie gerade nicht schaute, sprang ich sie von hinten an.

„Du hast mich in den Hintern getreten", lachte sie dann und sagte, dass ich sie beinahe in den Pool geschubst hätte – aber solange sie noch lachte, war sicher alles gut. Und wenn sie sich dann umdrehte, setzte ich mein breitestes Grinsen auf und versuchte, mit allen Spielarten meines treuen Blickes Punkte zu sammeln. Es sah so aus, als klappte das nicht schlecht.

Zwischendrin habe ich dann immer wieder mal mein Revier kontrolliert – aber immer weniger. Es wurde mir eigentlich egal. Ich hatte den Wohlstand kennengelernt und den wollte ich auch. Dass man dafür auch etwas tun musste, sollte ich später auch noch erfahren.

***

Wir beschlossen, dass unser neuer Mitbewohner die Nacht wieder in Barbaras Zimmer verbringen sollte, weil ich dachte, Jenny würde über den Neuzugang vielleicht nicht gerade begeistert sein. Sie ignorierte ihn zwar, aber ich wollte ihr ja auch nicht gerade die Ferien verderben.

Pablo hat sich nachts ganz ruhig verhalten. Das war er offensichtlich aus seinen Büschen so gewohnt. Er war zwar früh wach, gab aber keinen Ton von sich. Kaum hatte Barbara aber die Fenster geöffnet, sprang er davon.

Was zur Folge hatte, dass Barbara ganz nervös wurde. „Der Hund ist weg – der kommt nicht wieder", jammerte sie.
Von Esref, dem Saluki, war sie gewohnt, dass er losrannte, sobald er frei war – und vom Wiederkommen hielt er nicht viel. Ich war ganz gefasst. „Wenn er so dumm ist, dass er hier wegläuft und nicht wiederkommt, dann ist es auch o. k., dann ist er selbst schuld."

Und so dumm war er nicht – nachdem er seine Runde gedreht hatte, kam er fröhlich mit dem Schwanz wackelnd und grinsend zurück, in offene Arme natürlich.

Er versuchte, mit den beiden Hündinnen Kontakt aufzunehmen, aber als ihm das nicht gelang (die beiden „Damen" waren schliesslich schon zehn und sie hatten nicht mehr unbedingt Verständnis für so einen Grünschnabel), legte er sich unter die Sonnenliegen und schlief erst einmal.

Zwischendrin kontrollierte er immer wieder sein Revier – kam aber jedes Mal nach einiger Zeit zurück und hielt wieder ein Nickerchen.

Ich weiss nicht, was ich ihm an diesem Nachmittag alles erzählt habe, aber er machte ein Gesicht, als ob er alles verstünde, und ich kam zu dem Schluss: „Der Hund muss Deutsch verstehen." Nun ist das ja theoretisch auch möglich, aber wir werden nie herausfinden, ob es auch wirklich so war. Auf jeden Fall schien er sprachbegabt zu sein und er gab sich sichtbare Mühe, unseren Angaben zu folgen.

Bis mir dann in den Sinn kam, dass ich wohl besser einmal den praktischen Ablauf unserer Reise durchdenken sollte. Gesagt ist ja immer alles schnell. „Wir nehmen ihn mit!" – ja, aber wie? Mit ins Flugzeug nehmen konnten wir ihn nicht, dafür war er schon zu gross. Die von den Fluggesellschaften zur Verfügung gestellten Papp-Boxen waren auch nicht geeignet. Das wusste ich, seit mir Jenny mit ihren fünf Kilo einmal durch eine durchgesegelt war – und unsere wunderschöne Insel war klein und sie hatte keinen Laden für Tier-Zubehör.

Gott sei Dank kam Brigitte in den Sinn, dass Fawzi, ihre Freundin, gerade auf der nächstgrösseren Insel war und am nächsten Tag zurückerwartet wurde. Sie rief sie an und bat, von dort eine Hunde-Box mitzubringen. Und einen grossen Kauknochen.

Ausserdem rief sie die Airline an und meldete, dass ich nicht mit einem, sondern mit zwei Hunden zurückreisen würde, und das war o. k. Damit schien zumindest unser logistisches Problem gelöst zu sein.

Einen Tag vor unserem Rückflug in die Schweiz kam dann die Transport-Box an. Pablo beschnüffelte sie zwar neugierig, aber mehr wollte er auch nicht damit zu tun haben – und schon gar nicht einsteigen. Den Kauknochen schaute er mit grossen Augen an und wusste nicht, was er damit machen sollte. Er war auf jeden Fall viel zu gross für den kleinen Hund. Pablo hatte nun noch einen Tag Zeit bis zur Abreise und wir waren überzeugt davon, ihn mit Futter überall hinlocken zu können.

Er hatte ja schon mit Menschen zusammengewohnt, das zeigte sein abgehacktes Fell und das alte Floh-Halsband, aber wir hatten natürlich keine Ahnung, welche Erfahrungen er gemacht hatte. Negative Erfahrungen in der Prägephase können einen Hund ja total verderben und wir konnten nur hoffen, dass ihm (und uns) diese erspart geblieben waren. Dass er aber, wenn überhaupt, nicht in unserem Sinne erzogen worden war, lag auch auf der Hand.

Ganz so war es wohl leider nicht. Besonders anfangs begegnete er Männern, und da wiederum besonders jüngeren und dunkelhaarigen, mit offenem Misstrauen und drohendem Knurren. Niemand durfte seinen Schwanz oder sein wertvolles Hinterteil anfassen und er war überhaupt sehr vorsichtig und schreckhaft. Laute Stimmen oder Rufe irritierten ihn sofort und besonders Auto-Hupen oder Motorräder und ein Polizeiauto mit Sirene warfen ihn total aus dem Konzept.

Auch bestimmte Bewegungen, wie zum Beispiel das schnelle Heben eines Armes, erschreckten ihn zu Tode – aber wir verstanden das ja, vermutlich hatte man ihn so fortgejagt.

***

Und so verbrachte ich noch ein paar Tage mit ihnen am Pool – Sie können sich nicht vorstellen, was für ein traumhaftes Leben das war: Man konnte in der Sonne liegen oder auch im Schatten, man wurde nicht fortgeschickt. Man bekam regelmässig gutes Futter und reichlich Wasser – und es war immer jemand da, der einen streichelte, wenn man das wollte. Ich fing erst einmal ganz vorsichtig damit an und hielt still, und dann versuchte ich, mich auf den Rücken zu legen und alle viere in die Luft zu strecken, wie ich das bei Mimi und Jenny gesehen hatte. So konnten sie meine Brust und meinen Bauch kraulen.

Das war überhaupt nicht selbstverständlich, denn eigentlich heisst es ja, wenn ein Hund sich auf den Rücken legt, dass er sich ergibt. Und ergeben wollte ich mich eigentlich doch nicht – andererseits: Es war ein tolles Gefühl, wenn man so gestreichelt wurde, und so langsam fing ich an, den Blondies zu trauen. Die Welt war doch plötzlich schön.

Es gab aber immer wieder Situationen, die mich total irritierten. Einmal, als ich von einem Streifzug zurückkam, sassen die Blondies am Pool und hatten alle so riesige, dunkle Augen im Gesicht. Da bin ich erst einmal lange stehengeblieben und habe mir das Ganze von Weitem angeschaut und versucht, zu verstehen, was da passiert war. Ich konnte ihre Pupillen nicht mehr erkennen, und dass das wirklich „meine" Blondies waren, habe ich dann erst begriffen, als sie die komischen Dinger abgenommen haben. Wofür um alles in der Welt brauchen Menschen „Sonnenbrillen"?

Zwischendrin konnte ich hingehen, wo ich wollte. Ich habe meinen Kopf ganz hoch getragen, damit alle anderen sehen konnten, dass ich plötzlich „jemand" war – kein Hund mehr, den man einfach wegjagen konnte. Die Katzen haben ganz schön dumm geschaut, aber ich glaube, ganz verstanden haben sie es nicht. Sie können ja nicht viel mehr sagen als „Miau" und vermutlich verstehen sie kein Wort, wenn ich knurre oder belle. Ist ja auch egal – mit dem Thema muss ich mich ja nun nicht mehr rumärgern.

Wenn das möglich gewesen wäre, hätte ich mir selbst auf die Schulter geklopft und gesagt: „Das hast du aber gut gemacht, alter Junge ... " – wobei ich ja nur noch hoffen konnte, dass sie mich nicht plötzlich wieder wegschickten oder allein liessen. Das hatte mein voriger Mensch mit mir gemacht und die Sorge darüber hatte mich anfangs viele schlaflose Nächte gekostet. Bis ich mich wieder aufraffte und dachte: „Na gut, dann eben nicht. Nun bin ich ja bald ein grosser Hund und kann auch für mich allein sorgen." Aber da wusste ich ja auch noch nicht, wie mühsam das werden würde. Man denkt so allerlei Dummes, wenn man noch klein ist.

Ich lief also hin und her zwischen den Liegen mit den Sonnenschirmen am Pool und in meinem Revier und war so richtig schön zufrieden. Jedes Mal, wenn ich zurückkam, war ein grosses Geschrei und ich verstand überhaupt nicht, warum. Hatten die etwa angenommen, ich liesse mir diese Chance auf regelmässiges Futter und Wasser und so manchen Leckerbissen entgehen? Hielten die mich für so dumm?

Meine Vorstellungen vom guten Leben sind ja eigentlich ganz simpel: Ich möchte zu jemand gehören, einen Menschen ganz für mich allein haben. Das lernt man ja schon als ganz kleiner Welpe, dass man die Menschen eigentlich vor sich selbst und den anderen Hunden und sonstigen Gefahren beschützen muss – und ich war sicher, dass ich dafür perfekt geeignet wäre. Voraussetzung ist natürlich, dass man sich für ein Leben als Haushund entscheidet. Es gibt ja da auch noch die Möglichkeiten, Schutzhund oder Wachhund zu werden oder gar Blindenhund oder so etwas, aber das schien mir doch sehr mit Arbeit verbunden zu sein und es widerspricht dadurch auch ein bisschen dem hündischen Wesen. Dem von gewissen Hunden zumindest. Man hat ja auch schon von solchen gehört, die nicht genug arbeiten können – aber da bin ich fast sicher, dass sie einen Gen-Defekt haben. Und dann, und das schien mir der absolute Bonus-Punkt im Leben eines Haushundes zu sein, würde ich mit diesem Menschen sein Essen und Trinken teilen und, wenn möglich, mit ihm im selben Bett schlafen. Er wäre dann wirklich mein Rudel und ich würde ihm natürlich versprechen, auf ihn aufzupassen und mit dem Einsatz meines ganzen Lebens für ihn da zu sein und ihn immer zu bewachen. Das sollte doch wohl möglich sein, oder?

Nachts durfte ich wieder auf den Tüchern bei Barbara schlafen – da musste ich mich allerdings erst dran gewöhnen. Ich war ja gewohnt, mit dem Sonnenaufgang aufzustehen – und das tat Barbara nicht. Und die Tür war zu und so blieb mir keine andere Möglichkeit, als möglichst lange still zu sein.

Ich passte genau auf, was der Mopp und Mimi machten, und dachte: „Du kannst nichts falsch machen, wenn du dich gleich benimmst" – aber einmal ist mir dann doch etwas Dummes passiert: Als ich mit den anderen beiden Hunden in der Küche war, hatte ich plötzlich Druck auf der Blase – und liess laufen. Genau in dem Moment, als Peter die Treppe herunterkam und auf mich zulief. Aus irgendeinem Grund schien er nicht begeistert zu sein und Blondie hat mich dann zur Seite genommen und mir erklärt, dass es da einen Unterschied zwischen „drinnen" und „draussen" gibt. Also, „draussen" darf man dem Druck nachgeben – und „drinnen" ist das strengstens verboten. Ich bitte Sie: Woher hätte ich das schliesslich wissen sollen? Ich habe dann aber einmal Mimi beobachtet, als sie das offensichtlich auch vergessen hatte – aber Gott sei Dank haben Blondie und Barbara das auch gesehen, sonst hätten sie womöglich gedacht, ich sei es gewesen. Und ich wollte doch unbedingt einen guten Eindruck machen!

Offenbar ist mir das aber auch ganz gut gelungen. Am letzten Abend kamen Freunde von Brigitte und brachten eine grosse graue Box, die mich eigentlich nicht weiter interessierte – sie ging mich schliesslich nichts an. Höflichkeitshalber beschnüffelte ich sie zwar, war dann aber mehr interessiert an so einem grossen Ding, das aussah wie ein Knochen und das man offenbar bekauen oder fressen konnte – wenn man einen Mund hatte, der gross genug war. Ich konnte es kaum halten.

Sie können sich meine Überraschung vorstellen, als sie mir am nächsten Morgen sagten, ich solle in die Box, die noch nicht einmal Räder hatte, einsteigen. Freiwillig habe ich das nicht getan – und trotzdem sass ich plötzlich drin.

Sie fuhren dann alle – alle drei Blondies, Peter, Toni, Jenny und Mimi – zum Hafen und sie hatten auch noch eine Menge Gepäck dabei. Es stellte sich heraus, dass sie auf ein Schiff gehen wollten, aber Brigitte, Peter und Mimi sollten nicht mitgehen. Nun wusste ich natürlich, was Schiffe sind, ich habe sie schliesslich immer gesehen. Ich wusste nur nicht, dass man damit fahren konnte. Und genau das tat ich dann, in der neuen Box. Blondie hat immer auf mich eingeredet und der Mopp hat so getan, als ob sie das alles gar nicht interessiere. Vielleicht hat sie mir ja zeigen wollen, wie weltgewandt sie ist – aber das war mir in diesem Moment wirklich total egal. Ich verspürte nämlich wieder das bekannte Grollen im Bauch – und schwups, da war es wieder. Allerdings nur eine kleine Portion Wasser. „Sichst du", sagte Blondie, „wie gut, dass wir dich heute Morgen nicht gefüttert haben!" Ach – das war es also gewesen. Ich hatte mich schon gewundert und fast schon ein bisschen gefürchtet, die schönen Zeiten seien schon wieder vorbei. Nun hatte ich also offenbar doch noch Aussicht, später etwas zwischen die Zähne zu bekommen.

Wir sind dann vom Schiff runtergegangen – und ich war froh, als wir das konnten, weil es immer so geschaukelt hatte – und waren auf einer anderen Insel, aber auch noch in Spanien. Diese neue Insel hatte einen Flughafen. Das ist da, wo alle Flugzeuge wohnen, und da sind wir dann mit zwei Autos hingefahren. Eines allein hätte gar keinen Platz gehabt für uns alle und das ganze Gepäck – und die dumme Hunde-Box, in der ich dann auch noch bis zum Flughafen sitzen musste.

Zwar durfte ich am Flughafen aus der Box wieder raus, aber nur für eine kurze Zeit. Dann haben sie mich wieder reingeschoben und ein paar Männer haben mich mitsamt der Box auf einen Wagen geladen und zum Flugzeug gefahren. Bis dahin hatte ich ja noch nicht einmal gewusst, dass man in Flugzeuge auch einsteigen kann. Wenn sie am Himmel waren, sahen sie so winzig aus, dass ich noch nicht einmal auf die Idee gekommen war. Aber man konnte – und „He, he, ich will da nicht rein!" ... Blondie und den Rest habe ich nicht mehr gesehen – und, bums, war ich drin. Mitsamt meiner Box und ich dachte: „So, nun ist es passiert. Das ist genau das, wovor mich der grosse zottelige Hund, mit dem ich mich auf meiner Insel manchmal unterhielt, wenn ich ihn traf, gewarnt hatte." Ich wusste aber nie, ob er seine eigenen Erlebnisse erzählte oder ob das nicht doch eher Erkenntnisse waren, die er sich so zurechtgelegt hatte. Aber seine Erfahrungen hatte er auf jeden Fall gemacht – man sah es ihm an. Und der alte Zottelige hatte mir noch eine Menge mehr erzählt, woran ich mich im Laufe der Zeit erinnern sollte. Aber wenn ich jetzt so zurückdenke, dann sind diese Erinnerungen doch auch schnell wieder verblasst.

„Wie konntest du auch so blöd sein und den Menschen trauen?", dachte ich, aber raus konnte ich ja auch nicht, und so habe ich mich erst einmal in mein Schicksal ergeben. Im Bauch des Flugzeuges habe ich so ein bisschen vor mich hingedöst, das Brummen war ziemlich einschläfernd.

Plötzlich war es vorbei. Nach einem grossen Ruck stand das Flugzeug und nach einer Zeit kamen wieder Männer, die den Flugzeug-Bauch leer geräumt haben – und die mich in meiner Kiste wieder auf einen Wagen packten. Sie stellten dann meine Box irgendwo hin – und plötzlich, unglaublich, plötzlich kam Blondie wieder auf mich zu. Wenn das in der engen Box möglich gewesen wäre, hätte ich einen dreifachen Salto geschlagen. Sie hatte mich also nicht vergessen – und auch nicht in die Wüste geschickt. Was störte es mich dabei schon, dass der Mopp bei ihr am Arm in einer Tasche hing? Sollte er doch – Hauptsache, wir waren auch wieder vereint!

Blondie hat dann das Gepäck auf einen grossen Wagen geladen und mich mit der Box oben draufgestellt – und dann betrat ich ihn oder besser, befuhr ich ihn zum ersten Mal: den Boden der Schweiz, die mein neues Heimatland werden sollte.

***

Während ich am Anfang noch gesagt hatte: „Wir finden schon einen Platz für ihn", fing ich plötzlich selbst an, daran zu zweifeln. Die wenigen Test-Anrufe, die wir in die Schweiz gemacht hatten, waren negativ. Niemand brauchte einen Hund – und schon gar nicht, ohne ihn gesehen zu haben.

Aber ganz eigentlich wusste ich ja auch, dass ich gar keinen Platz für ihn suchte. Ich wollte es mir nur noch nicht eingestehen. Hatte ich denn nicht bis vor kurzem noch zwei Hunde gehabt? Und war das nicht wunderbar gegangen? Na also! Klar, das waren zwei Lhasa Apsos, pflegeleicht und ruhig, aber warum sollte das mit Pablo nicht auch hinzubringen sein? Schliesslich war er ja noch jung und bestimmt bildungsfähig. Und er war doch sooo niedlich!

Sicher, ich hatte keine Ahnung, was er bis dahin erlebt hatte, und wollte das vielleicht auch gar nicht so ganz genau wissen, aber so freundlich, wie er sich zeigte, war doch da sicher etwas zu machen. Erzogen werden musste er natürlich, einen Hund seiner (vermuteten) Grösse kann man nicht wie einen Lhasa Apso schnell auf den Arm nehmen, wenn Gefahr droht. Ausserdem hatten die Lhasas sich immer gegenseitig selbst erzogen, weil ich ja immer zwei davon hatte. Sofern man Lhasa Apsos überhaupt erziehen kann. Ich habe von solchen gehört – hm, eigentlich nicht nur gehört –, die die Ohren so perfekt andrücken konnten, dass sie wirklich nahezu taub waren – ausser es knisterte ein Papier im Umkreis der nächsten fünf Kilometer ... Lhasa Apsos kommen eigentlich aus Tibet und man sagt, dass sie nie verkauft wurden, sondern dass der Dalai-Lama sie nur seinen Freunden schenkte. Heute ist das anders – der Dalai-Lama hätte ja Tag und Nacht nichts anderes zu tun, als Lhasas zu verschenken. Jenny selbst hatte das Gefühl, sie müsse mindestens „Lama Apso" heissen.

Interessant ist aber in diesem Zusammenhang, dass man heute annimmt, dass der heutige „Haushund" vermutlich aus Sibirien oder Ostasien stammt, Jenny also zu einer „alten" Rasse gehört – vielleicht hatte sie ja generell recht ...

Unsere Lhasas kamen jedenfalls alle aus Amerika, und sie hielten sich alle immer noch für etwas Besonderes – was sie ja eigentlich auch sind. Ich traute also Jenny auch eine Menge erzieherischer Qualitäten zu – obwohl sie Pablo auf der Insel eher die kalte Schulter gezeigt hatte. „Das wird schon werden", beruhigte ich mich selbst.

Ich wusste natürlich auch nicht, wie gross er einmal werden würde. Jetzt, als Junghund, war er etwas höher als Jenny, aber es war auch klar, dass er grösser werden würde. Man konnte aber sehen, dass er zumindest keine Bernhardiner-Masse erreichen würde.

Aber eigentlich war mir das auch egal, denn für jedes Minus, das ich fand, fand ich auch zwei Plus. Am Morgen der Abfahrt versuchten wir, ihn freiwillig in die Box zu locken, aber diesmal half kein Futter: Er wollte nicht rein. Wir schoben also sanft nach, er machte ein verdutztes Gesicht – und sass in der Falle. Wir mussten mit dem Schiff zur nächsten Insel fahren, die einen Flughafen hatte, und von dort aus wollten wir in die Schweiz fliegen. Neben allem anderen Gepäck und mit Jenny, angehängt in der Tragetasche, deponierten wir ihn an Bord des Schiffes. Es war ihm deutlich anzumerken, dass ihm alles ungeheuer war, aber er hielt sich tapfer. Plötzlich würgte er und spuckte Wasser und ich sagte ihm: „Gut, dass wir dich heute Morgen nicht gefüttert haben ..."

Auf der grossen Insel wurde er mit uns und Jenny und allem Gepäck in zwei Taxis verladen, die uns zum Flughafen brachten. Dort durfte er aus der Box aussteigen und er war erleichtert – und erleichterte sich auch noch rasch auf dem Rasen vor dem Gebäude.

Nicht lange, dann musste er wieder zurück und wurde eingecheckt.

Er sah leicht nach Panik aus, aber ich dachte: „Da muss er durch" – was hätte ich auch sonst machen wollen?

Er wurde verladen, ich sah den Gepäckwagen mit seiner Box zum Flugzeug fahren und war schon einmal beruhigt – wenigstens wurde er nicht vergessen. Während des ganzen Fluges dachte ich an ihn und was er wohl machte, während Jenny wieder einmal ihre Rolle als Flug-Diva genoss. Je nach Personal war sie oft der „Ach-wie-süss"-Gast an Bord eines Flugzeuges und hatte meistens schon Wasser, lange bevor wir etwas zu trinken bekamen.

In Zürich angekommen, beeilte ich mich, damit Pablo nicht allzu lange auf mich warten musste. Ich sah seine Box schon von Wei-tem – und als er mich sah, führte er, so gut das eben möglich war, einen Freudentanz auf. Ich lud zuerst das Gepäck auf und dann obendrauf die Box mit dem Hund, Jenny immer noch in der Tra-getasche am Arm befördernd. Niemand wollte seine Papiere sehen, wie meistens. Offenbar geht man davon aus, dass Leute, die mit Tie-ren die Grenzen passieren, automatisch auch die richtigen Papiere dabeihaben. Nun, in unserem Falle war das ja auch so.

Und dann fuhr ich ihn auf dem Gepäckwagen hinaus auf den Schweizer Boden – in das Land, das nun seine neue Heimat werden sollte.

***

So, das war sie also, die Schweiz. Im Augenblick sah ich nichts anderes als einen Flughafen und eine Menge Leute, genau wie auf der spanischen Insel. Aber zugegeben, mein Blick-Radius war durch die Box, in der ich immer noch sass, auch stark eingeschränkt und ich sah mehrheitlich Beine, und die sehen vielleicht überall gleich aus.

Ich habe dann aber auch gesehen, dass Barbara und Toni noch in der Nähe waren – und dass der Mopp immer noch in der Tasche von Blondie hing.

Und die hat mich dann auf einen Wagen geladen, zusammen mit dem Gepäck, und über lange Wege gefahren. Plötzlich hat sie angehalten und da stand ein Mann. Sie hat mich aus der Box rausgeholt, wobei ich mich ja sowieso schon fast vor Freude überschlagen habe, und hat gesagt: „Darf ich euch bekannt machen? Edy, das ist Pablo – Pablo, das ist Edy." Aha. Ein Edy. War ja mal gespannt, wo der hingehörte, hoffentlich nicht auch noch zu uns. Er brachte eine Menge widersprüchlicher Gerüche mit sich, unter anderem auch nach Hund – vermutlich war er also kein direkter Feind. Auch wenn er im Moment den Kopf schüttelte und fragte: „Musste das wirklich sein?"

Blondie antwortete ihm: „Das ist meine Art Vergangenheits-Bewältigung. Weisst du noch, der Hund auf den Bahamas? Den habe ich nie vergessen – und das passiert mir kein zweites Mal." Offenbar wusste der Edy, was sie meinte, und schüttelte noch einmal den Kopf, sagte aber nichts mehr. Keine Ahnung, was die für Probleme hatten, kann mir ja auch egal sein – was sind schon die Bahamas oder wie das hiess?

Mit all dem Gepäck gingen wir dann zu einem Auto. Mittlerweile wusste ich ja, dass die nicht unbedingt gefährlich sein müssen, also bin ich dieses Mal freiwillig eingestiegen – vor lauter Angst, dass ich sonst plötzlich allein dastehen würde. Und dann sind wir lange gefahren und die Box hatten sie auch eingeladen. Ich weiss zwar nicht, wofür, denn ich gehe da bestimmt nicht mehr rein.

Während Blondie und Edy sich unterhielten, habe ich mir mal die Gegend angeschaut. Ganz nett, zwar ganz anders als meine Insel, alles grün, viele Wiesen, viele Bäume und Büsche – aber das sah schon ganz schön gut aus. Meine Insel hatte eigentlich trockene Erde und viele Steine und eher dürre Büsche, und so viel Grün auf einmal hatte ich überhaupt noch nie gesehen. Das Meer konnte ich zwar noch nicht sehen, aber das war vielleicht wieder unten, so wie auf meiner Insel ja auch.

Plötzlich sind wir in ein Haus reingefahren. Haben Sie gewusst, dass man in Häuser auch reinfahren kann? Das gab es auf der Insel, glaube ich, nicht – jedenfalls hatte ich es noch nie gesehen. Wir alle sind ausgestiegen und Blondie hat gesagt: „So, Pablo, hier wohnen wir also." Offenbar wohnte der Mopp wirklich auch bei uns, denn den hatte sie auch ausgeladen. Bis dahin hatte ich noch gehofft, Blondie hätte sich vielleicht geirrt mit dem „Rudel", aber es sah nicht so aus. Der Edy hat sich mit dem Gepäck abgemüht und ich bin nervös von einer Seite auf die andere gelaufen. Ich konnte gar nicht so schnell schnuppern, wie es überall roch, aber einen konkreten Geruch konnte ich auch noch nicht ausmachen.

In einen ganz kleinen Raum sind wir dann reingegangen, und der hat sich bewegt, so als ob er fahre. Nach einer Zeit sind wir mit allem Gepäck wieder ausgestiegen und Blondie hat eine Tür aufgeschlossen und dahinter lag das, was sie „unsere Wohnung" nannte. Ich wusste gar nicht, dass es auch „Wohnungen" gibt, ich dachte immer, es gäbe nur Häuser, und ich nahm mir vor, gelegentlich einmal herauszufinden, wo genau da der Unterschied lag.

Der Mopp lief in die Wohnung rein, als ob er noch nie etwas anderes gemacht hätte, aber ich schaute erst mal vorsichtig nach innen und blieb dann stocksteif stehen. Mir gegenüber stand ein Hund, mittelgross, weiss mit hellbraunen Flecken und schaute mich an. Versuchsweise hob ich einmal die Lippe und knurrte. Der andere hob auch die Lippe und knurrte. Ich lief langsam und mit gestreckten Hinterbeinen auf ihn zu. Er lief auch langsam und mit gestreckten Hinterbeinen auf mich zu. Als wir direkt voreinander standen, wollte ich vorsichtig an ihm schnüffeln – und meine Nase traf auf kaltes Glas. „Na, Pablo, du bist doch ein Dummer", sagte Blondie und grinste, „das ist ein Spiegel, das bist doch du!" Das? Das soll ich sein? Ich bin doch gross, schwarz und habe blaue Augen! Wenn die sich da mal nicht irrt!

Immer wieder bin ich an dem „Spiegel" vorbeigelaufen und habe hineingeschaut, aber es hat sich nichts geändert. Ich blieb mittelgross und weiss-braun, und wenn Blondie recht hat, werde ich das also wohl akzeptieren müssen. Und wenn schon! Ich nehme mir vor, mich auf die innere Grösse zu konzentrieren, und was gibt es schliesslich gegen Mittelgross und Weiss-Braun zu sagen? Rassismus ist schliesslich out!

Wäre aber doch schön gewesen: gross, schwarz und mit blauen Augen ...

Also, die Wohnung habe ich mir genau angeschaut und Blondie hat sie mir auch erklärt. Das sei unser Wohnzimmer, hat sie gesagt und auf einen Raum gezeigt, in dem viele unnütze Sachen waren, mit denen ich eigentlich nicht viel anfangen konnte. Abgesehen vom Sofa vielleicht, das sah ganz einladend aus. Die anderen Möbel und Teppiche standen und lagen einfach so da rum und ein riesiges Fenster gab es auch, das aber geschlossen war.

Mit den Fenstern habe ich so meine liebe Not. Ich verstehe zum Beispiel nicht, warum man, wenn es hell ist, rausgucken kann – und abends, wenn es dunkel ist, ist da nur eine dunkle Scheibe, in der sich erst noch alles spiegelt. Vor allen Dingen eins habe ich am Anfang gar nicht begriffen: Wann immer ich zum Fenster geschaut habe, stand da ein Hund, der aussah wie ich, und auf dem Sofa sass eine Frau, die aussah wie Blondie. Und alle machten immer die gleichen Bewegungen. Irgendwann habe ich es dann aufgegeben, darüber nachzudenken. Vor dem Fenster war aber noch ein Platz, auf den man hätte gehen können – wenn, ja wenn das Fenster offen gewesen wäre. Und auf der anderen Seite war eine Tür, bei der man allerdings rausgehen konnte, weil sie offen war, in so eine Art Garten, der Terrasse hiess. War ja ganz nett, aber keine Bäume, nur Pflanzen in Töpfen! Und keine Wiese!

Und da waren noch viele andere Räume und von einem hat sie gesagt: „Das ist unser Schlafzimmer, hier schlafen wir." Wie bitte? Hier schlafen wir? Wo denn? Kein einziger Busch weit und breit. Na, das konnte ja heiter werden! Der Mopp schlief offenbar auch da und war besonders dekadent: Der hatte ein eigenes Bett, ein sogenanntes „Körbli", Im Wohnzimmer stand auch noch eins und als ich mal drin rumschnüffelte, sagte Blondie: „Ja, ja, du bekommst auch ein Körbli." Aber darum war es mir gar nicht gegangen. Was sollte ich auch mit einem „Körbli"? Ich war gewohnt, zu schlafen, wo ich gerade war – und eben: am liebsten in einem Gebüsch.

Und als Nächstes sagte sie dann: „Ach ja, jetzt müsst ihr beide erst mal Wasser und Futter haben", und das hörte sich doch schon wieder ganz vernünftig an.

Blondie und Edy haben dann noch ein bisschen geredet, und manchmal wurde es auch ein bisschen lauter, da habe ich dann vorsichtshalber den Schwanz eingezogen und bin unter dem Sofa verschwunden. Hat sich dann aber wieder alles beruhigt und Edy ist dann schlussendlich auch fortgegangen. Möglicherweise wohnte der doch nicht hier.

Eine Zeit lang war ich dann damit beschäftigt, die Wohnung auszuschnüffeln. Überall roch es nach dem Mopp, der plötzlich realisierte, dass ich immer noch da war und der mich angiftete: „Lass bloss meine Spielsachen in Ruhe, das sag ich dir!" – Phhh! – Dem würde ich schon noch zeigen, wer der neue Chef war ...

Jenny hatte einen Plüsch-Hund, der fast so gross war wie sie selbst, den „Bimbo". Ich fand ihn reizvoll und wollte ihn auch gleich an mich nehmen, aber da hatte ich die Rechnung ohne Jenny gemacht. Sie fing an zu kläffen wie verrückt und sofort stand Blondie auf der Matte. „Lässt du wohl den Bimbo sein! Der gehört Jenny und nur ihr allein!" So quasi unter Androhung der Todesstrafe wurde mir befohlen, den Bimbo ja nicht anzufassen, weil Jenny beim Tagsüber-Schlafen immer ihren Kopf daranlehnen wollte. Und ich dachte mir: „Hm, wenn das verboten ist, muss es ja besonders toll sein", und plante, mir den „heiligen Bimbo" gelegentlich mal vorzuknöpfen.

Blondie hat mir dann erklärt, dass sie nicht nur meine Mama, sondern nun auch mein „Frauchen" sei. Wie blöd hört sich das denn an? Frau-„chen" ...? Entweder „Frau" oder Mäd-„chen", so viel wusste ich, und ein Mädchen war sie nun definitiv nicht mehr. Ich dachte: „Bleib mal lieber bei Blondie ... ", erstens hast du dich daran schon gewöhnt und zweitens kannst du damit auch nichts falsch machen.

Später ging sie noch mit Jenny und mir „runter" und zeigte mir die Wiese vor dem Haus, meinen „Draussen"-Platz. Und die war wirklich schön und gross und so benutzte ich sie sofort einmal so, wie Blondie sich das vorstellte. Sie wurde ganz ekstatisch und ich hätte nie gedacht, dass ich jemandem auf so einfache Art so viel Freude machen konnte.

Am Abend ging Blondie dann ins Bett, und natürlich dachte ich, das dürfe ich nun auch. So wie der Mopp, der am Fussende lag. Aber man stelle sich einmal vor: Zu mir sagte sie, ich solle unten bleiben, ich könne nicht ins Bett. Wenn das nicht obergemein war: Kein Busch, kein Bett! – In meiner Verzweiflung steckte ich schliesslich nach vielen vergeblichen Versuchen, doch noch aufs Bett zu gelangen, den Kopf unter einen Vorhang und so schlief ich ein bisschen. Bis ich wieder wach wurde und alle Fenster und Türen verschlossen vorfand. Da sass ich nun in der Falle – und dahin ging sie, meine Freiheit! Ich jaulte ein bisschen und schubste Blondie, die in dieser Nacht kaum zum Schlafen kam.

Und wenn ich nicht jaulte, kaute ich ein bisschen an den Teppichen rum oder versuchte, an den Möbeln rumzubeissen. Seltsamerweise war Blondie da nicht sehr begeistert. „Neieieien!", schrie sie immer wieder, statt zu schlafen, und so konnte ich natürlich auch nicht schlafen. Und ich dachte mir: „Prost Mahlzeit! Wenn das jetzt immer so ist, wärst du auch gescheiter auf deiner Insel geblieben!" Aber genau genommen hatte mich ja gar niemand gefragt, ob ich bleiben wollte, und ich war den Versuchungen guten Futters und vieler Streicheleinheiten erlegen. Das hatte ich nun davon!

***

Am Flughafen wartete Edy auf uns, langjähriger Freund und zeitweiliger Weggefährte, der eigentlich alle meine Hunde gekannt hatte und der die Tierliebe mit mir teilte. Wir arbeiten im gleichen Büro und als ich ihm am Telefon zaghaft gesagt hatte, dass da noch jemand ausser mir und Jenny zurückkommen würde, war er gar nicht begeistert gewesen. Teilweise konnte ich das auch nachempfinden, denn Pablo würde mich tagsüber zusammen mit Jenny ins Büro begleiten müssen – und da gab es noch den Sidney, seinen Hund. Einen Jack-Russell-Terrier mit absolutem Anspruchsdenken – ein Macho hoch fünf. Wir hatten beide schon so die Ahnung, dass es eventuell Meinungsverschiedenheiten unter den Vierbeinern geben könnte. Sidney war, wie Jenny, schon zehn Jahre alt und gewohnt, der Boss zu sein. Und wenn jemand das nicht sofort begreifen wollte, machte er ihm das sehr schnell und nachdrücklich klar. Mit Jenny hatte er kein Problem, aber erstens kannte er sie schon viele Jahre, zweitens war sie eine Hündin und drittens gab sie sich ganz gerne unterlegen. Und ob da so ein neuer kleiner Hund auch klein beigeben würde, blieb erst noch herauszufinden. Andererseits: Wenn man es nicht probierte, würde man es nie wissen und sowieso war ja nun schon alles zu spät, Pablo war da und sollte es auch bleiben.

Edy betrachtete den Neuankömmling skeptisch. Er gab sich brummig, aber in seinen Augen sah ich ein Lächeln und wusste, dass wir gewonnen hatten. Und die Sätze „Das arme Hündchen konnte man

doch nicht alleine zurücklassen ..." und „Weisst du noch, damals auf
den Bahamas?" und „Aber der Charly war ja auch immer mit im
Büro und das ist gut gegangen" taten ihr Übriges. Er lud uns, unser
Gepäck und die Hunde-Box ins Auto und fuhr uns nach Hause.

„Damals auf den Bahamas ..." – das war eine Geschichte für sich, die
mir im Übrigen bis heute noch nachgeht (und ihm, glaube ich, auch).
Gut 25 Jahre sind vergangen, seit Edy und ich Freunde auf den
Bahamas besucht hatten, und vor dem Abflug sassen wir draussen
auf einer Bank vor dem (damals noch kleinen) Flughafen in Nassau
und warteten, bis unser Flug aufgerufen werden sollte. Plötzlich nä-
herte sich uns eine Hündin und man konnte sehen, dass sie Junge
säugte. Sie war sehr zutraulich und versuchte, Kontakt mit uns auf-
zunehmen. Nachdem ihr das gelungen war, probiere sie alles, um
uns zu bewegen, mit ihr zu kommen – und schlussendlich hatte sie
Erfolg. Sie brachte uns zu einem Platz in einem Gebüsch, in dem vier
Hunde-Babys lagen, ganz klein noch, schaute uns erwartungsvoll
hechelnd an und wackelte mit dem Schwanz. Natürlich hatte ich
sofort verstanden, was sie von uns wollte – und so gerne hätte ich
ihren Wunsch erfüllt. Aber: Da stand unser Flugzeug, mittlerweile
zum Einsteigen bereit, und wir waren absolute Fremde auf dieser
wunderschönen, paradiesischen Insel. Was also machen?

Mutter und Babys zurücklassen – und den enttäuschten Blick der
Hundemutter habe ich in all den Jahren nie vergessen, und so, wie
mir damals die Tränen über das Gesicht liefen, kann das auch heute
wieder passieren, wenn ich daran denke. Auch Edy war sehr still
geworden – und nein, so etwas würde nie wieder geschehen, nie.

Dort hatte ich einwandfrei versagt. Wenn es jemals wieder eine
ähnliche Situation geben würde, sollte mir das nicht noch einmal
passieren.

Und da war nun Pablo, und er war nervös, das konnte man merken – der arme Kerl hatte ja keine Ahnung, was auf ihn zukam. Als wir in der Garage ankamen, rannte er von einer Seite auf die andere, immer suchend und schnüffelnd, und er gab sich grosse Mühe, nichts falsch zu machen.

Und als ich die Wohnungstür öffnete, blieb er erst einmal zurück und setzte dann den Fuss vorsichtig über die Türschwelle. Dann blieb er verblüfft stehen und knurrte sein Spiegelbild an, das er in dem der Tür gegenüberliegenden Spiegel entdeckt hatte. Nachdem er sich damit abgefunden hatte, kontrollierte er die ganze Wohnung und war offensichtlich beruhigt, dass es nach Jenny roch. Vielleicht dachte er ja: „Wenn der hier nichts passiert ist, passiert mir auch nichts" – aber weiss man denn, was Hunde so denken? Jedenfalls lief er auf Schritt und Tritt hinter mir her und ich, die das nicht mehr gewohnt war, musste aufpassen, dass ich nicht dauernd über ihn stolperte.

Was seine Bedürfnisse anging, versuchte ich ihm klarzumachen, dass es auch hier ein „Drinnen" und ein „Draussen" gab – so, wie wir das schon auf der Insel geübt hatten. Nur mit dem Unterschied, dass ich nicht einfach die Tür öffnen konnte, damit er in den Garten läuft. Ich musste ihn erst an die Leine nehmen, mit dem Lift nach unten fahren – und dort gab es dann schöne grosse Wiesen.

Er hat auch sehr schnell verstanden, was ich da von ihm wollte. Nach einem einzigen „Unfall" war es ihm klar, dass das eine Sache für „draussen" war. Dort musste er aber erst einmal an der Leine bleiben, weil ich nicht wusste, wie er reagieren würde und ob er versuchen würde fortzulaufen. Wenn jemand mit uns im Lift fuhr, knurrte er gewaltig, was mir gar nicht recht war. Die meisten Leute hatten ja keine Ahnung, dass er noch ein Baby war und ausserdem aus Angst knurrte. Also versuchte ich, ihm das abzugewöhnen – aber es blieb sehr lange beim Versuch ...

Einmal fuhr eine Nachbarin mit uns, die grosse Angst vor Hunden hatte – aber ich wusste das nicht. Ich sah zwar, dass sie zögernd einstieg, aber ich war ja auch überzeugt davon, dass meine beiden niemandem etwas zuleide tun würden. Ausserdem war Pablo an der Leine und Jenny interessierte sich überhaupt nicht für andere Leute. Respektive, wenn jemand den Anfang machte und ihr erzählte, wie lieb und schön sie sei, legte sie sich gnädig auf den Rücken und liess sich den Bauch kraulen – aber sonst ging sie ihrer Wege.

Als Pablo sich bewegte, erschrak die Nachbarin fürchterlich und floh in die Lift-Ecke und fing an zu schreien. Daraufhin erschrak auch Pablo – und fing auch an zu schreien. Wir beide, Jenny und ich, waren starr vor Schreck und wussten überhaupt nicht, wie wir reagieren sollten. Gott sei Dank hielt der Lift an und die Nachbarin verliess ihn, sichtlich erschüttert. Später habe ich ihr dann Blumen gebracht und mich entschuldigt und ihr Mann erzählte mir, dass sie von klein an schreckliche Angst vor Hunden hatte. In Zukunft wussten wir also Bescheid.

Der ganze Abend war eine einzige Aufregung. Pablo lief von einer Ecke in die andere und konnte keine zwei Minuten ruhig sein. Als wir schlafen gingen, lief er hinter mir her ins Schlafzimmer und als Jenny, wie gewohnt, ihren Platz am Fussende meines Bettes einnahm, wollte er das natürlich auch. Nur: Das wollte ich nicht. Ich hatte ja keine Ahnung, wie gross er werden würde, und die Vorstellung, dass er mich eines Tages möglicherweise aus dem Bett drängen würde, machte mir nur mässig Freude.

Ausserdem: Hatte man es nicht immer wieder gelesen und in Tiersendungen im Fernsehen gesehen – Hunde gehören nicht ins Bett! Mit Jenny war das etwas anderes (hm ...): Zu ihrer Zeit hatte ich solche Sachen noch nicht gelesen und gesehen und jetzt, da

sie zehn Jahre alt war, konnte ich es auch nicht mehr ändern ...
Aber Pablo konnte ich von Anfang an daran gewöhnen, dachte
ich zumindest. Er dachte anders. In einer unruhigen Nacht, in
der er immer wieder versuchte, aufs Bett zu springen, gab er
irgendwann nach und steckte seinen Kopf unter den Vorhang
und schlief wenigstens ein bisschen. Und auch ich schlief „nur
ein bisschen".

***

Das war vielleicht ein „Neieieiein"-Geschrei am nächsten
Morgen! Langsam fragte ich mich, ob ich da wohl etwas
falsch verstanden hatte und gar nicht „Pablo", sondern „Nein"
heisse. Da habe ich heute Nacht, als mir langweilig war, so
ein kleines bisschen im Teppich rumgewühlt, und dann hat
es ein Loch gegeben. Was ist schon dabei? Auf meiner Insel
konnte ich das überall machen, ich konnte Löcher graben,
soviel ich wollte, und niemand hat etwas dagegen gehabt –
und nun machte Blondie ein langes Gesicht. Um ihr zu zeigen, dass ich eigentlich gar nichts falsch machen wollte, bin
ich dann dauernd hinter ihr hergelaufen und habe sie auch
versuchsweise mal so ein bisschen in die Wade gezwickt und
an ihren Kleidern gezogen, die flatterten so lustig, wenn sie
lief – aber auch dafür hatte sie nicht wirklich Verständnis.
Die haben wohl keinen Humor, die Menschen.

Und der Mopp hat jedes Mal, wenn ich mich bewegt habe,
ein grosses Geschrei losgelassen und dabei wollte ich doch
bloss mit ihr spielen. Ich habe so mit der Pfote zu ihr hinge-
langt, aber sie konnte nicht zurücklangen, weil sie viel zu
kurze Beine hatte, und das ärgerte sie wohl mächtig – also
keifte sie. Und jedes Mal, wenn sie losgelegt hat, ist Blondie
angerannt gekommen und hat sie getröstet. Ich dachte ei-

gentlich, das sei ein ganz tolles Spiel, bis ich dann realisierte, dass die beiden anderen es wohl nicht wirklich gerne hatten. Also liess ich es dann doch auch sein.

Der Mopp hätte es ja vielleicht noch ganz gerne gehabt, aber sie hat dann auch schnell gemerkt, dass sie auf die Art viel Aufmerksamkeit erhielt, und ich stand mit dummem Gesicht daneben. Blondie hat mich dann zur Seite genommen und mir erklärt, dass der Mopp nicht nur ältere Rechte hat, weil sie schon länger da wohnte, sondern dass sie selbst auch schon älter war und mit so Baby-Hunden, wie ich einer war, nicht mehr viel anfangen konnte. Ausserdem hat sie mir erzählt, dass der Mopp damals, als sie noch ein Baby war, auch ein alleingelassener Hund gewesen war. Sie kam noch einmal aus einem anderen Land, das noch viel grösser war als Spanien und die Schweiz zusammen und das Amerika hiess. Sie hatte ganz lange im Flugzeug fliegen müssen, bis sie hier gewesen war – und dort hatte sie noch nicht einmal in Freiheit gelebt wie ich auf meiner Insel, sondern sie wohnte in einem Käfig. Und der Käfig stand in einem Laden und den lieben langen Tag liefen Menschen dran vorbei und schauten den Mopp und die anderen Hunde-Babys an. Wenn das nicht pervers ist! Ein Freund von Blondie hat den Mopp dann dort befreit. „Gekauft", sagt Blondie (ich wusste gar nicht, dass man Hunde auch kaufen kann. Kauft man Menschen denn auch?) und eben im Flugzeug mit in die Schweiz genommen und seither lebt sie bei Blondie.

Na ja, wirklich schön ist die Geschichte ja auch nicht – und so denke ich, ich höre mal auf, sie „Mopp" zu nennen. Jenny ist ja auch ein ganz schöner Name. Nicht so schön wie Pablo natürlich, aber immerhin, man kann damit leben. Und sie wäre ja auch ganz nett, wenn sie nur nicht immer so ein Zicken-Theater machen würde, aber vielleicht sind Mädchen so.

Jedenfalls hat Blondie dann gesagt, wir gingen jetzt alle zusammen fort, in ein „Büro". Das hörte sich ja nicht schlecht an, ich meine, Fortgehen ist immer gut.

Als wir wieder in dem Raum waren, wo all die vielen Autos standen, ist Blondie mit uns direkt auf ein Auto zugegangen und hat gesagt, das sei unseres. Unser Auto? Mein Auto? Ich habe ein Auto? Wirklich? Gerade noch war ich ein Niemand – und plötzlich hatte ich ein eigenes Auto? Gut, auf der Insel hatte ich auch nicht unbedingt eins gebraucht, da konnte ich ja alles gut zu Fuss erreichen – aber mein Prestige hätte es gewaltig gehoben. Bei den anderen Hunden – und vor allen Dingen bei den Katzen.

Ach ja, im Übrigen, Katzen: Das musste ich doch noch abklären, ob es die in der Schweiz auch gab. Schön wäre es natürlich, wenn es keine gäbe – dann wäre ich sie auf eine elegante Art losgeworden.

Bei der Gelegenheit habe ich übrigens auch noch gelernt, dass Autos „Marken" haben. Das ist so etwas Ähnliches wie ein Name. Also, unser Auto heisst zum Beispiel „Jeep" und es hat hinten drin viel Platz, so dass dort auch die Box stehen könnte, in der ich mitfahren soll. Dabei hatte ich mir doch vorgenommen, nie mehr in eine Box zu steigen, aber Blondie sagt, dass es so für mich sicherer ist – und was will ich da sagen? Noch ist Blondie der Chef! Noch!

Ich habe übrigens auch eine Marke – eine Hundemarke.

Blondie hat gesagt, ein anständiger Hund brauche so etwas – aber ob man alleine dadurch anständig wird???

Und auch schon haben Leute gefragt, was ich für eine „Marke" bin. Häh? Bin ich denn ein Auto? Da war ich dann doch leicht konfus, aber Blondie hat geantwortet, ich sei ein „Balear-Terrier". Aha.

***

Als ich am nächsten Morgen aufstand, dachte ich, dass der Teppich vor dem Bett doch plötzlich recht komisch aussah – und bei genauerer Betrachtung stellte ich fest, dass da ein Loch war, das am Abend vorher noch nicht da gewesen war. Und daneben sass, mit breit gezogenen Lefzen und glänzenden Augen, Pablo – ganz offensichtlich stolz auf sein Werk. Mein entsetzter Schrei schlug ihn jedoch schnell in die Flucht und aus sicherer Entfernung schaute er erst einmal, was ich machte. Was wollte ich machen? Das Loch war da. Irgendwie hatte er aber schon gemerkt, dass er damit nicht direkt punkten konnte, und so lief er immer hinter mir her und versuchte, meine Aufmerksamkeit zu erhaschen oder noch besser: Streicheleinheiten. Und das machte die Situation nicht unbedingt besser, aber er verstand natürlich nicht, warum. Als er nicht bei mir landen konnte, versuchte er es bei Jenny, die daraufhin ebenso empörte Schreie von sich gab wie ich.

Jenny war von unserem neuen Hausgenossen sowieso gar nicht begeistert, er war ihr viel zu stürmisch. Es nützte auch nichts, dass ich ihr erklärte, dass sie genau gleich gewesen sei, als sie noch ein Baby war. Dass sie sich damals dem armen Charly an die Ohren und an den Schwanz „geklemmt" und es ganz toll gefunden hatte, wenn er sich mit ihr als Anhängsel schüttelte. Sobald Pablo in ihre Nähe kam, ging das Gezeter los. Ich verstand sie ja auch. Da war ja

nicht nur ein beträchtlicher Grössen-, sondern auch ein rechter Al-
tersunterschied und während er toben und sich beissen wollte, wollte
sie ihre Ruhe haben. Und ich dachte so für mich: „Na, das kann
ja heiter werden – wenn das so weitergeht ...", und ich war sehr
gespannt, wie er mit Sidney auskommen würde. Sidney sah sich,
zusammen mit Jenny, als den „Hüter unseres Büros", aber während
Jenny auf sanfte und mädchenhafte Art den Tag verschlief und
nur aus ihrer Ecke kam, wenn sie sicher war, dass sie gestreichelt
wurde oder dass es etwas zu essen gab, hatte Sidney das ganze Büro
fest im Griff. Wo immer sich etwas bewegte – es wurde angekläfft
und genau begutachtet. Und zwar – leider – in dieser Reihenfolge,
so dass ziemlich viel gekläfft wurde. Und genauso ging es Pablo
auch. Als ich die Tür öffnete, kläffte es im Büro und dann stand
Sidney da und schaute erst einmal ohne grosses Verständnis auf
den Neuankömmling. Als er merkte, dass der auch ins Büro gehen
wollte, wurde Pablo abgeschnuppert und vorsichtshalber einmal
kräftig angeknurrt und in seine Schranken gewiesen. Pablo liess
erst einmal einen erschrockenen Schrei los und stand dann stocksteif
da. Er hängte die Ohren eine Etage tiefer, machte einen runden
Rücken und kniff den Schwanz ein. Damit war Sidney zufrieden.
Der andere hatte verstanden, wer der Boss war.

Edy ermahnte Sidney noch, und wie immer machte ihm das keinen
Eindruck – und ich stand recht fassungslos daneben. Sidney war
mit Charly immer sehr gut ausgekommen und ich hatte gehofft, dass
das nun wieder gleich sein würde. Ausserdem dachte ich, Pablo sei
ja noch ein Baby und er habe damit so eine Art Welpenschutz. Das
war ein Irrtum, denn Pablo war jung und direkte Konkurrenz für
einen Rüden, der langsam, aber sicher älter wurde. Und der das gar
nicht gern hatte – und das hatte er immerhin mit seinem Besitzer
gemeinsam ...

***

Wir sind dann wieder zu einer grossen Wiese gefahren und Jenny durfte frei laufen, aber ich musste eine Leine anziehen. Das hat mir nicht wirklich gepasst. Viel lieber wäre ich auch durch die Wiesen gestreunt und hätte die Büsche untersucht, die so anders aussahen als die, die ich kannte. Aber das ging nicht, und so sehr ich auch nach rechts und links zerrte, die Leine gab nicht nach. Sie liess sich zwar länger und kürzer machen, aber das war's dann auch. Ich habe ein paar andere Hunde getroffen, die alle neugierig waren und mich auch kennenlernen wollten, aber wegen der dummen Leine ging das nicht so gut und ich war da auch eher vorsichtig. Die Hunde, die ich von der Insel kannte, waren ja auch nicht alle freundlich gewesen – wir waren schliesslich am gleichen Futter interessiert. Mit Ausnahme des grossen, alten Rüden, dem ich offensichtlich sympathisch gewesen war. Vielleicht hatte er aber auch nur jemanden gebraucht, der zuhörte, wenn er von seinen Erfahrungen erzählte. Ich konnte jedenfalls davon profitieren.

Er hatte zu mir gesagt: „Du musst in den Gesichtern der Menschen lesen, Kleiner", und das kam mir plötzlich wieder in den Sinn. Also schaute ich Blondie angestrengt ins Gesicht – und sah: nichts anderes als sonst auch. Ich konnte mir auch nicht so richtig vorstellen, wie das überhaupt aussehen sollte.

Vielleicht war das etwas wie ein Band, das vor ihrem Gesicht durchlief und auf dem ich Zeichen erkennen konnte? Ich wünschte mir zum ersten Mal, ich hätte besser aufgepasst damals, als meine richtige Mama uns die Welt erklärte. Aber da hatte ich anderes zu tun gehabt – nämlich mit meinen Geschwistern zu balgen und die Umgebung zu inspizieren. Ich würde Blondie auf jeden Fall viel ins

Gesicht sehen und vielleicht würde ich ja dann begreifen, was gemeint war.

Wir fuhren dann also zu diesem Ort, der „Büro" hiess, und das war ganz einfach nur eine andere Wohnung – oder so ähnlich jedenfalls. Blondie hatte gesagt, dort würde ich den Sidney kennenlernen. Was ist ein „Sidney"?

Einen Moment später wusste ich es: Als die Tür aufging, stand mir ein kleiner schwarz-weisser Hund gegenüber, der mich erst verdutzt anschaute und sich dann mächtig aufplusterte und ein angriffslustiges Knurren von sich gab. Ich machte mich ganz klein, klemmte den Schwanz zwischen die Beine, um ihm zu signalisieren: „Ich bin noch ein Baby, bitte tu mir nichts!" – aber das hat dem Schwarz-Weissen keinen Eindruck gemacht. Er schoss auf mich los und ich liess mein erbärmlichstes Schreien vom Stapel. Und da war dann auch wieder der Edy, der mit dem Sidney schimpfte und ihm sagte, er solle sich gefälligst anständig benehmen. Wenn das die Art war, wie die hier Gäste behandelten, na, dann gute Nacht um zwölf!

Ich bin aber gerade wieder um drei Zentimeter grösser geworden, als ich merkte, dass der Kerl selbst noch einen Chef hatte, nämlich Edy. Auf Blondie konnte ich mich offenbar nicht verlassen, sie stand erst einmal sprachlos daneben. Immerhin erklärte sie dem Sidney dann: „Ob es dir passt oder nicht – ihr müsst miteinander auskommen", und der warf mir noch einen verächtlichen Blick zu, knurrte zwischen den Zähnen: „Sei ja vorsichtig, Bürschchen!", hervor und trollte sich. Seine Drohung hatte ich aber auch sofort wieder vergessen – und vielleicht würde er ja im Laufe der Zeit mit mir spielen?

Also fing ich einmal an, in Ruhe das Büro zu inspizieren. Dachte ich jedenfalls, denn wo immer ich hinging, grummelte entweder der Sidney hinter mir her: „Lass das, das ist meins, fass das nicht an – und im Übrigen bin ich hier der Boss, Kleiner, das merkst du dir besser von Anfang an!" – oder Jenny zickte rum. Hilfesuchend schaute ich Blondie an, aber die schien von alledem nichts mitzubekommen und war in ein Gespräch mit Edy vertieft.

„Sidney" ist also der Name von dem Kerl und Blondie sagt, er heisst fast wie eine Stadt in Australien, und das ist noch einmal ein anderes Land oder sogar eine gaaanz grosse Insel. Wie komisch ist das denn? Hunde heissen doch nicht wie Städte! Sie heissen „He, du!" oder „Bello" oder „Fido" und ich habe kürzlich auch gehört, dass einer „Margo" hiess, aber der war dann adelig, was immer das ist. Ich hoffe nicht, dass es eine schlimme Krankheit ist! Aber „Sidney"? Na ja. Vielleicht heisst ja auch einer „Honolulu" – hach, ich könnte mich kringeln vor Lachen.

Immerhin zeigte Blondie mir dann einen Platz, der nun angeblich mein „Arbeitsplatz" war. So früh musste ich schon anfangen – hatten die denn noch nie von Kinderarbeit gehört? Mein neuer Job sollte sein, Blondie zu bewachen. Als ob ich das nicht von allein täte, dazu brauchte ich keinen Job. Jenny, die Prinzessin, hatte auch hier ein Körbchen, während ich mich wieder mal nur mit einem Kissen zufriedengeben musste. Das genau genommen auch noch von der Mimi stammte, sie hatten es in meine Reise-Box gelegt. Aber gut, man kann ja über so Sachen auch hinwegschauen: Ich platzierte mich also auf dem Kissen und sah sofort, dass daneben viele höchst interessante Schnüre lagen, die man sicher einmal genauer anschauen und bebeissen konnte. Gesagt, getan – und dann ein Schönheitsschlaf. Nicht lange allerdings, weil Blondie mich schon wieder mit ihrem Gelaber störte: Sie könne nicht telefonieren. Als ob das mein Problem wäre! Plötzlich erschien ihr Kopf bei mir unter dem Tisch. „Hab ich's doch gewusst", lärmte sie, „Pablo, du Dummer, du hast die Telefonschnur durchgebissen! Und da kannst du noch froh sein, dass es kein anderes Kabel war, sonst hättest du jetzt Dauerwellen." Ups!

Am Mittag gingen wir dann alle zusammen spazieren, Blondie, der Edy, Jenny, der Sidney, den sie auch manchmal „Sidi" riefen, und ich. Gerne hätte ich doch ein bisschen mit einem von beiden auf der Wiese getobt, aber Jenny war dafür nicht zu haben und der Sidi wollte auch nicht. Blondie sagte, beide würden dafür langsam zu alt. Ich verstehe überhaupt nicht, dass man zum Spielen zu alt sein soll! Der Sidi war gleich alt wie Jenny, also auch zehn Jahre. Er fauchte mich immer an, wenn ich sein Stöckchen nehmen wollte, obwohl ich eigentlich gar nicht so richtig wusste, was ich damit machen sollte. Ich dachte erst, das sei ein Spiel, bis er deutlicher wurde: „Hau ab!" Na, dann halt nicht, laufe ich halt allein, und ausserdem gibt es ja wohl irgendwann einmal auch noch andere Hunde.

Als wir wieder ins Büro zurückkehrten, habe ich weitergearbeitet – das heisst, ich habe mich unter den Schreibtisch gelegt und geschlafen. Manchmal ist Blondie aufgestanden und woanders hingegangen und da habe ich anfangs immer winseln müssen, damit sie mich ja nicht vergisst. Aber von irgendwoher hat sie dann immer mit mir gesprochen und zurückgekommen ist sie auch immer wieder, das scheint also in Ordnung zu sein so. Arbeiten gefällt mir ganz gut.

Am Abend fuhren wir zurück nach Hause und dort bekam ich, genau wie Jenny, feines Futter. Ich konnte gar nicht aufhören zu fressen und ich wusste ja auch nicht, ob ich wieder neues bekäme. Als ich dann endlich satt war, machte ich kurz die Augen zu. So richtig schlafen konnte ich aber nicht, ich hatte viel zu grosse Angst, dass Blondie dann verschwinden würde. Jedes Mal, wenn sie irgendwo hinging, musste ich natürlich hinterherlaufen und aufpassen. Das ging ihr zwar auf die Nerven, aber mir schien es irgendwie sicherer. Und weil ich mich so freute, dass ich bei ihr sein durfte, zupfte ich dauernd irgendwo an ihr rum. „Nein, Pablo, nicht Kleider reissen!", hörte ich dann oder: „Neieiein, das sind meine neuen Gucci-Schuhe!" Gutschi, Gatschi, was macht das denn für einen Unterschied? So ein Schuh ist ein Schuh und einfach reizvoll. Dumm war nur, dass sie sie dann alle in die Höhe gestellt hat.

Später ging dann der Kampf ums Bett wieder los, Blondie und Jenny durften – der arme Pablo durfte wieder nicht! Das ist wirklich der Gipfel der Gemeinheit! Es war mir zwar gelungen, mich mal ganz kurz darauf zu drapieren, nur mal so, um zu zeigen, wie niedlich das hätte aussehen können, aber schneller, als ich „Wau!" sagen konnte, war ich mit Blondies Hilfe auch schon wieder unten. Versuchsweise wollte ich mal unters Bett kriechen, aber das schabte mir am Rücken und war auch nicht wirklich bequem, also quengelte ich ein bisschen, kaute an allem Möglichen rum – und als das Licht ausging, steckte ich den Kopf schlussendlich wieder unter den Vorhang und schlief. Unruhig zwar, weil alles so ungewohnt war – und dadurch war Blondie offenbar auch unruhig und so waren wir am nächsten Morgen wieder alle total erledigt.

***

Wenn ich am Tag vorher schon entgeistert war, als ich aufstand und das Loch im Teppich fand, so blieb mir jetzt doch buchstäblich die Spucke weg. Von meiner schwarzen Tapete, bedruckt mit bunten Vögeln und Blumen, leuchtete mir, gerade gegenüber dem Bett, ein grosser weisser Fleck entgegen – und bei genauerer Betrachtung zeigte sich, dass dort nicht nur die Tapete fehlte, sondern dass „irgendjemand" ein grosses Loch in den Gips gefressen hatte.

„Irgendjemand" sass neben mir und schaute höchst interessiert zu, was ich da besichtigte. Offenbar hatte er das Gefühl, eine Meisterleistung vollbracht zu haben, und er wartete wohl auf Lob. Ich wusste schlichtweg nicht, was ich machen sollte. Strafen konnte ich ihn nicht, weil ich ihn ja nicht auf frischer Tat ertappt hatte, und er war so glücklich über seine Umgestaltung, dass ich innerlich schon fast wieder grinsen musste. Und doch musste ich ihm ja sagen, dass da etwas falsch war. Pflichtgemäss liess er die Ohren wieder hängen und sobald ich mit meinem Vortrag fertig war, gingen sie wieder nach oben – und ich hätte mich auch nicht gewundert, wenn er das nächste Stück Tapete in Angriff genommen hätte. In Tat und Wahrheit hing das nächste Stück Tapete aber lose vor der Badezimmer-Wand und in einer Innen-Ecke hatte er ebenfalls ein Stück Putz abgebissen. Wie er das gemacht hatte, wird mir immer unerklärlich sein, denn seine Schnauze war wesentlich breiter als die Ecke. Und entsprechend stolz war er auch auf sein Werk.

Und mir wurde klar, dass mein Hund offenbar gelangweilt und unterbeschäftigt war. Dass er das gerade nachts war, war natürlich dumm – aber möglicherweise hatte er diese Unterschiede auf seiner Insel ja gar nicht gekannt. Wenn es hell wurde, konnte man etwas unternehmen, aber hier war es eben so, dass ich auch noch schlief, wenn es schon hell wurde – und dass man sich dann halt langweilte.

Gegen Langeweile würde Beschäftigung helfen – und Erziehung. Ich beschaffte mir also als Erstes jedes erdenkliche Hundebuch und war abendelang damit beschäftigt, die zu lesen. Was in einem gutgeheissen wurde, war im anderen falsch. Und vor allen Dingen gab es rassespezifische Erziehungsvorschläge. Gut gesagt bei einem „Balear-Terrier". Welche Rassen vereinte er wohl in sich? Terrier? Dackel? Pudel? Labrador? Ich würde wohl zum Schluss einen eigenen Erziehungs-Ratgeber schreiben können ... Jedenfalls kaufte ich eine lange Lauf-Leine, um mit ihm die wichtigsten Kommandos zu üben. Mit Hilfe von Leckerlis, die er immer bekam, wenn er etwas richtig gemacht hatte – und ich konnte fast nicht glauben, wie schnell er begriff, was er machen sollte. Er wäre vermutlich lieber mit all den anderen Hunden umhergesprungen, die wir auf dem Weg so trafen, aber weil ich noch nicht wusste, ob er wiederkommen würde und wie er sich überhaupt benehmen würde, musste er erst einmal an der Leine bleiben. Natürlich würde er später auch frei laufen können – aber sicher war sicher.

Fahrräder, die vorbeifuhren, reizten ihn sehr und er wollte sich sofort darauf stürzen – und als das erste Mal ein Moped unseren Weg kreuzte, bekam er fast einen Nervenzusammenbruch. Aber warum das so war, habe ich sehr schnell verstanden: Auf seiner Insel fuhren im Sommer Tausende von Touristen mit geliehenen Mopeds und einige davon konnten nicht wirklich fahren und als Hund tat man gut daran, ihnen schnellstmöglich auszuweichen. Ich bin sicher, dass er dieses oder jenes davon gekreuzt und sich vielleicht auch manchen Tritt eingefangen hat. Vielleicht hatte ihn ja auch einmal eins angefahren – wer wusste das schon?

Ich hoffte jedenfalls, dass ich Pablo in den Griff bekommen würde, denn ich sah bei Edy und Sidney, wie unangenehm es war, wenn der Hund ständig neue Jagd-Objekte ausmachte. Nun war Sidney ja ein Jack Russell und es lag in seiner Natur zu jagen – ich hinge-

gen hoffte, dass Pablo nicht allzu viel von einem Terrier in seinen Genen hatte. Dazu gehörte natürlich auch, dass er Jogger in Frieden ihre Runden ziehen liess. Das hätte er vielleicht auch getan, aber zumindest nebenhergelaufen wäre er gar zu gerne. Also: „Warten" = Leckerli. Und es klappte immer besser.

***

Und dann, am nächsten Morgen, ging Blondie ins Bad und blieb fassungslos stehen. Ihre Stimme verhiess nichts Gutes. Jenny bewegte sich auf dem Bett keinen Millimeter, schaute aber vorsichtig mit einem geöffneten Auge, während sie das andere zugekniffen hielt. „Pablo, was hast du denn DA gemacht?" Was hatte ich denn gemacht? Sah sie das etwa nicht? Ich hatte ein Stück der Tapete abgerissen, weil mir langweilig gewesen war. Klar sah das jetzt blöd aus, weil die Tapete schwarz war und bunte Vögel und Blumen drauf waren – und jetzt sah man nur noch den weissen Untergrund. Aber sie hätte ja schliesslich aufpassen können, dass mir nicht langweilig wird. Und ausserdem: Was ist das schon, eine Tapete?

Ernst sagte Blondie: „So geht das nicht weiter, du brauchst Erziehung!" Wenn ich etwas brauche, dann bin ich auch dafür, dass ich es bekomme – aber was war denn Erziehung? Hatte das mit „Ziehen" zu tun? Also, wenn sie mich zum Beispiel an der Leine festmachte und dann rief: „Zieh doch nicht so!" – war das dasselbe? Na, mal sehen.

Die Erziehung fing erst einmal damit an, dass Blondie eine Menge Bücher kaufte, die sie las – und alle paar Minuten hatte sie dann eine neue Idee. Ein Buch schien mir aber besonders gut zu sein. Darin sagten sie, dass man einem Hund immer Leckerlis geben sollte – ich glaube zwar, sie meinen, immer nur dann, wenn man etwas richtig macht, aber solche Kleinigkeiten wird sie ja wohl hoffentlich übersehen. Das ist mir doch sympathisch.

Und die Erziehung ging weiter damit, dass Blondie eine zehn Meter lange Leine kaufte, an der sie mich festmachte, und dann sagte, ich solle laufen lernen. Als ob ich nicht laufen könnte! Sie hat die Leine mal lang gemacht, mal kurz, ist in Schleifen gelaufen, hat sich rumgedreht und, na also, endlich spielte mal jemand mit mir! Langsam fing die Sache an, mir Spass zu machen. Was noch viel besser war: Immer, wenn ich etwas gemacht hatte, das ihr gefiel, bekam ich ein Leckerli. Ich hatte nur dummerweise noch nicht ganz begriffen, was richtig und was falsch war, und so blieben die erst einmal spärlich.

Sooo gerne wäre ich auch mit all den anderen Hunden, die ich nun traf und die mich jetzt alle durchweg freundlich begrüssten und die mich auch näher kennenlernen wollten, durchs Gras gelaufen, aber Blondie sagte, sie könne mich noch nicht von der Leine loslassen. Dabei war ich doch auf meiner Insel immer ohne Leine gelaufen! Aber sie sagte, das sei zu meiner Sicherheit und weil sie ja nicht wisse, ob ich wiederkäme. Natürlich komme ich wieder, ich bin ja nicht blöd. Ich würde doch nicht so einen schönen Platz, Erfüllung all meiner Träume, freiwillig aufgeben – und was noch viel wichtiger war: Ich hätte ja auch keine Ahnung gehabt, wo ich hingehen sollte, ich kannte mich doch hier noch gar nicht aus.

Bei den nächsten Malen ging das schon viel besser. „Sitz!" Leckerli. „Platz!" Leckerli. Wenn sie „Bleib!" sagt, soll ich warten. Ich wüsste aber nicht, warum und worauf. Also kein Leckerli.

Zwischendrin soll ich „Fuss!" laufen, das heisst, neben Blondie (Leckerli, wenn's klappt), aber das ist so eine Sache: Am Anfang laufe ich wirklich neben ihrem Fuss und dann, nach relativ kurzer Zeit, vergesse ich, dass sie das gesagt hat, und laufe ein bisschen schneller, bis ich mich dann wieder in deutlicher Entfernung befinde. Dann geht das Ganze wieder von vorn los: „Fuss!" ...

Es gab auch die Situation, dass sie total entnervt sagte: „Ach, mach doch, was du willst!", und da war ich nun wirklich total verblüfft. Wieso sagte sie so etwas? Das tat ich doch sowieso!

Und im Laufe der Zeit, ich dachte schon, das würde nie passieren, machte sie mich dann doch auch los und ich lief zu den anderen Hunden und spielte mit ihnen. Mit den meisten jedenfalls, aber schlussendlich lief ich doch wieder zu ihr zurück. Ich musste ihr ja nicht sagen, dass ich das tat, weil ich ein Leckerli erwartete. Und manchmal tat ich es auch, weil ich doch auch gelernt hatte, dass nicht alle Hunde-Kollegen freundlich waren. Manchmal wusste man wirklich nicht, ob sie einen nur beschnüffeln oder doch auch verprügeln wollten. Einmal war ich unter einen Schäferhund geraten, dessen Herrchen eben noch gesagt hatte: „Nein, nein, der ist ganz lieb, der will nur spielen", und rums, hatte er mich am Genick gepackt und ich glaube, er wollte wirklich zubeissen. Blondie war starr vor Schreck und ich schrie, was meine Stimmbänder nur hergaben. Das fremde Herrchen packte dann seinen Hund und schimpfte feste mit ihm, aber das nützte mir ja nichts – von da an hatte ich einen Riesen-Respekt vor grösseren Hunden, besonders vor Schäferhunden. Und dreimal dürfen Sie raten, was das andere Herrchen noch gesagt hat. Richtig: „Das hat er noch nie gemacht!", woraufhin Blondie nur knurrte: „Jawoll, genau diese zwei Sätze sagen sie alle ..."

So langsam wurde ich auch vorsichtiger, wenn ein Hunde-Kollege zu Blondie lief und sie den dann womöglich noch streichelte und lieb mit ihm redete. Ich fand das unverschämt, sie war doch schliesslich mein Frauchen und da musste sie überhaupt niemand anderen anfassen.

Und aufpassen musste ich auch auf sie – woher sollte ich denn wissen, was all die fremden Kerle von ihr wollten? Und sie war ja so naiv, dass sie noch nicht einmal merken würde, wenn ihr einer nicht gut gesinnt war, so wie mir der Schäferhund. Also gut, zugegeben, ich war eifersüchtig (sie meinte sogar, „sehr" eifersüchtig, aber wir wollen mal nicht übertreiben) – da hatte sie schon recht. Aber ist das denn nicht verständlich? Jetzt, da ich endlich ein Frauchen hatte, würde ich alles daransetzen, dass mir niemand in die Quere kam. Und ich hatte ja schliesslich schon mit Jenny und Sidi genug zu tun und genug Konkurrenz.

Umgekehrt war es aber so, dass manche andere Hunde durchaus nette Frauchen hatten, manche von denen hatten sogar gute Sachen in ihren Taschen. Da musste ich natürlich immer mal nachfragen, aber Blondie sagte, die feine Art sei das nicht. Wenn sie schon keine anderen Hunde streicheln dürfte, müsste ich mich auch nicht deren Frauchen aufdrängen. Logo – sie sah das natürlich wieder ganz anders als ich.

Manchmal machte sie auch eine Pause und setzte sich auf eine Bank und sagte zu uns: „Nun schnüffelt mal ein bisschen, da gibt es doch sicher viel zu riechen", und während sie da sass und uns zuschaute, dachte ich mir, ich könnte mich ja auch mal ein Stück von ihr entfernen. Ich hatte da nämlich ganz in der Nähe einen höchst interessanten Bach gesehen, mit einem Steg und grossen Steinen, und es ist ja schliesslich wichtig, dass man seine Umgebung genauer kennenlernt, oder? So richtig weit weggetraut hatte ich mich ja noch nicht, es hätte ja sein können, dass sie mich vergisst. Aber ich probierte es mal, und ich muss sagen, der Bach war auch ganz schön spannend, bis ich so alles untersucht hatte, hatte ich mich schon ein bisschen verträdelt. Und als ich zurücklief, war da, wo sie auf der Bank gesessen hatte, nur noch ein grosser Steinkasten. Panik pur! Wo war sie?

Als ich aber näher kam, sah ich, dass die Bank hinter dem Steinkasten war und dass sie auch immer noch dort sass und dass Jenny zu ihren Füssen lag. Weil es ein bisschen bergauf gegangen war, hatte ich das nicht so gut erkennen können – ich hätte aber auch fast schwören können, dass der Steinkasten noch nicht da war, als ich zum Bach lief.

Hin und wieder fuhren auch Menschen auf so Drahtgestellen mit zwei Rädern an uns vorbei, und da wäre ich sooo gerne hinterhergerannt und hätte in die Räder gebissen. Das durfte ich aber nicht, da wurde Blondie ganz sauer: „Pablo, lass das Velo sein!" Na ja, wenigstens wusste ich dann, dass das Drahtgestell „Velo" hiess. Ich kann auch nicht begreifen, dass ich nicht mit den anderen Menschen rennen darf, die da manchmal an uns vorbeilaufen. Das wäre doch ein toller Spass und sowieso wäre es logisch. Die haben ja vermutlich nur ihren Hund zu Hause vergessen, denn warum sonst würden sie wohl rennen?

Und total irritiert hat es mich, wenn Leute an uns vorbeikamen, die rechts und links einen Stock in der Hand hatten und so strammen Schrittes auf dem Weg waren. Am Anfang hatte ich aus der Entfernung gar nicht erkannt, dass das überhaupt Menschen waren, es hätten ja auch besonders grosse Hunde sein können. Aber tatsächlich, es waren Menschen. Warum sie mit den Stöcken laufen, habe ich allerdings bis heute nicht begriffen, das sah ganz schön komisch aus – aber weil ich mit Stöcken auch schon schlechte Erfahrungen gemacht hatte, hielt ich da lieber Abstand.

Manchmal sagte sie dann noch Sachen wie „Pfui!" oder „Aus!" oder „Lass das!" – aber in diesem Ton musste sie gar nicht erst mit mir reden, das will ich nicht hören. Ich bin schliesslich ein freier Hund, oder was?

Es gab aber auch noch Aussagen, denen man unbedenklich gleich beim ersten Mal folgen konnte – zum Beispiel „Feini" oder „Guti" oder „Gassi". Etwas schwieriger war schon „Komm hier!", dafür gab es nämlich, und das lernte ich dann ganz schnell, verschiedene Gründe. Am besten, man blieb erst einmal stehen und checkte die Lage. Wenn irgendwo am Horizont ein grosser Hund auftauchte, womöglich noch an einer Leine, dann war es am gescheitesten, man reagierte sehr langsam, plusterte sich auf, knurrte einmal bedrohlich, und dann nix wie hin an die sichere Leine.

Ich meine, Sicherheit ist ja nicht zu verachten, aber man kann es auch übertreiben. Denn plötzlich war sie da, die «sichere Hunde-Box» und es half kein Knurren und kein Sträuben – ich musste da rein, wenn ich im Auto mitfahren wollte. Vorbei war die schöne Turnerei in der hinteren Abteilung. Auch, wenn ich es nicht bis auf den Vordersitz geschafft hatte, denn kaum hatte ich das zum ersten Mal probiert, hatte Blondie meine Leine hinten fixiert und da sass ich dann also mehr oder weniger fest.

Und jetzt sass ich also in der Box. Gut, oben war nur ein Gitter und ich konnte gut rausschauen und das tat ich dann auch und revanchierte mich bei Blondie für diesen Missgriff mit lautem Geschrei, sobald ich draussen einen anderen Hund sah. Und es gab viele Hunde.

Nach ein paar Tagen sagte sie «so geht das nicht weiter» und als ich gerade mal wieder wegen eines vorbeilaufenden Pudels so richtig schön loslegen wollte, tat es einen Knall, der mir das Blut stocken liess. Es passierte aber nichts weiter.

Beim nächsten Hund erinnerte ich mich noch daran und sagte vorsichtshalber einmal gar nichts, aber beim übernächsten hatte ich es schon wieder vergessen. «Wau!»

«Knall» – aber diesmal hatte ich es gesehen. Sie hielt eine Dose in der Hand, die sie schüttelte, und dann knallte es halt. Na, wenn sie dachte, dass sie mich damit beeindrucken konnte, hatte sie sich aber ganz schön geirrt. Es wurde jetzt einfach laut in unserem Auto. Ich bellte, sie schüttelte und zwischenrein schimpfte sie. Das war ein lustiges Spiel!

Und dann durfte ich einmal in Edys Auto mitfahren, auch im hinteren Abteil. Dort gab es keine Box, und der Sidi sass auf der Rückbank, so dass ich den ganzen Platz für mich alleine hatte. Ich turnte von links nach rechts und von rechts nach links und hängte meine Pfoten über die Rücklehne und dazu liess ich die Zunge raushängen. War schon eine lässige Sache und ein ganz anderes Fahrgefühl als mit Blondie. Ich nahm mir vor, zu versuchen, in Zukunft immer mit Edy zu fahren.

Also jedenfalls, so oft es ging. Und das hatte Blondie nun davon – da musste sie halt auf mich verzichten!

***

Die nächsten Tage vergingen mit Üben, Reden, „Nein" und „Lass das!" – und ich hatte ganz vergessen, dass ein junger Hund so viel Aufmerksamkeit und Zeit und Nerven brauchte.

Waren meine früheren Hunde auch so gewesen? Ich glaubte, nicht. Die Lhasa Apsos waren eigentlich sehr pflegeleicht – und vor allen Dingen hatten sie eine Grösse, die es erlaubte, sie rasch auf den Arm zu nehmen, wenn es kritisch wurde. Mit Pablo war das nicht so einfach und ich wusste, er musste folgen lernen, zu meinem und zu seinem eigenen Schutz. Nur: Wie konnte ich es anstellen, dass er das auch wusste? Aber ich hatte wohl keine andere Wahl – ich musste die Zeit für mich arbeiten lassen.

Wenn ein Fahrrad an uns vorbeifuhr, wollte er es jagen, sehr zum Missfallen des jeweiligen Fahrrad-Fahrers (den ich natürlich auch verstand). Ich lenkte Pablo also mit dem üblichen Leckerli ab, sobald ich ein Fahrrad kommen sah. Das hatte dann zur Folge, dass er, wenn ich ihn aus einem für ihn nicht gleich ersichtlichen Grund rief, erst einmal schaute, wo denn nun das Fahrrad kam – aber ich hatte Erfolg, er liess sie sein. Dann traf er auf die ersten Jogger und das schien ihm gewaltig Spass zu machen. Er wollte eigentlich nur mitlaufen, aber das wussten die Jogger ja nicht. Also wieder: Leckerli – und sobald Pablo den nächsten Jogger auch nur in der Ferne sah, fing er an, heftig mit dem Schwanz zu wackeln.

Gar nicht verstanden hat er, dass Leute auch ohne Hund spazieren gehen konnten. Er beäugte sie misstrauisch und suchte immer den vierbeinigen Begleiter, aber schon bald flaute sein Interesse auch

da zugunsten der grossen Krähen ab, die auf der Wiese sassen und
ihn auszulachen schienen. Das liess er sich natürlich nicht zweimal
sagen, sein an und für sich schwach entwickelter Jagd-Instinkt kam
kurz durch und als er beinahe einmal eine gefangen hatte, die sich
ihrer Sache wohl zu sicher war und zu spät abflog, dachte ich: „Um
Himmels willen, was mache ich, wenn er wirklich eine packt?" –
um kurz darauf dann zu realisieren, dass er nur zu den Vögeln
hinlief, aber dann davor stehen blieb. Wahrscheinlich hatte er das
Gleiche gedacht wie ich ...

***

An einem Morgen ist dann etwas ganz Seltsames passiert:
Ich schlief so schön vor mich hin. Ich hatte mich schon dran
gewöhnt, dass Blondie und Jenny Langschläferinnen waren,
und da passte ich mich halt an, und plötzlich ging die Tür
auf und da stand der Edy mit dem Sidney. „Pablo, komm –
Jenny, komm!", rief er, aber ich konnte mich beherrschen.
Was wollte der denn von uns? Wollte er uns klauen, ent-
führen, oder wie immer das hiess? Jetzt, wo ich gerade so
einen sicheren Platz gefunden hatte?

Jenny stand langsam auf und schüttelte sich und Blondie
sagte dann: „Du kannst ruhig mitgehen, Pablo", aber das ist
ja viel leichter gesagt als getan. Sie haben mir dann die Leine
angezogen und ich hatte schlussendlich keine andere Wahl
mehr, ich musste mitgehen. Es stellte sich dann aber heraus, dass er nur mit uns spazieren gehen wollte – und wenn
er das gleich gesagt hätte, phhh, dann hätte ich überhaupt
kein Problem gehabt. Aber so sind sie halt, die Menschen,
oberflächlich bis zum Gehtnichtmehr.

Im Laufe der Zeit habe ich mich dann daran gewöhnt, dass

das jeden Sonntag so war, dann hat er uns immer abgeholt. Aber weil ich ja nicht wusste, wann Sonntag war und wann nicht, habe ich Blondie erst mal jeden Morgen genervt, wenn ich den Lift hörte. Sie hat die Vorfreude, die ich empfand, wieder einmal nicht verstanden und kam mir mit einem schnöden „Jetzt sei doch mal endlich still!" Was ich natürlich nicht war.

Aber mittlerweile habe ich das perfekt im Griff – irgendwie weiss ich nun immer, wann Sonntag ist. Immer nach dem Samstag.

Und das war nicht der einzige Schreck am Morgen. An einem anderen Tag ging wieder die Tür auf und da stand eine Frau und als ich bellend auf sie losstürzte, war sie genauso erschrocken wie ich, als ich gehört hatte, dass sich der Schlüssel im Schloss drehte. Blondie erklärte mir: „Pablo, das ist Annemarie, der gute Geist in unserer Wohnung. Sie gehört zum Rudel." Was – noch eine? Also ich muss schon sagen, ganz schön viele Leute haben den Schlüssel zu unserem Zuhause. Wie soll ich denn da nachkommen mit Aufpassen? Bei Annemarie war das sowieso so eine Sache: Sie lief von Raum zu Raum und fummelte überall ein bisschen rum. Ich habe natürlich gedacht, sie wolle etwas mitnehmen, und mich entsprechend verpflichtet gefühlt, genau aufzupassen. Das ging ihr aber wohl auf die Nerven, sie sagte: „Lauf doch nicht immer hinter mir her!", und dann dachte ich: „Na, wenn die mir so kommt, dann kläffe ich halt", und Blondie versuchte, mich zu übertönen und mir zu sagen, dass Annemarie alles, wirklich alles dürfe (im Gegensatz zu mir), und das finde ich dann noch gemeiner. Ich nahm mir vor, da nicht so leicht nachzugeben und in Zukunft genau aufzupassen. Man kann ja nie wissen ...

Aber dann, endlich, endlich, durfte ich ganz frei laufen. Bei unserem ersten Spaziergang im freien Feld sah ich in einiger Entfernung grosse schwarze Vögel sitzen. Ich natürlich nichts wie hin. Und die natürlich nichts wie weg. Aber nicht etwa am Anfang, als ich lossprintete – nein, erst als ich ganz kurz vor ihnen war, und das hat mich dann doch gewaltig geärgert. Fast hätte ich einen gehabt. Ich hätte zwar gar nicht gewusst, was ich mit ihm gemacht hätte, aber so kam ich mir schon vor wie ein Versager. Und dann bin ich erst noch in einen Bach gefallen. Gerade hatte Blondie noch gesagt: „Pass auf, du fällst da rein!", und platsch, war es passiert. Und das fand ich auch nicht toll, das Wasser war auch eher kühl und sehr nass und ich verstehe überhaupt nicht, dass ein Hund wie zum Beispiel der Sidi freiwillig da reingeht. Andererseits: Ich verstehe den Sidi ja sowieso nicht!

Blondie meinte dann: „Es langt", und wir gingen wieder ins Büro, halt mit dem Unterschied, dass ich tropfnass war – aber sonst war alles wie gestern. Ich passte genau auf, was der Sidney machte, ich wollte von ihm lernen. Insgeheim dachte ich: „Na, wenn du ja auch nicht mehr der Jüngste bist, dann werde ich wohl hier bald die Herrschaft übernehmen können – schliesslich ist das so der Lauf der Dinge", aber noch war es nicht so weit und ich wusste auch nicht, ob er dieses Geheimnis auch kannte. Und irgendwie hatte ich auch so eine Ahnung, dass das noch lange dauern könnte ...

Jedenfalls schoss der Sidney immer laut bellend auf die Eingangstür zu, wenn es läutete oder wenn sie einfach aufging, und ich dachte: „O. K., wenn das so sein muss – ich bin dabei, das kann ich auch", und versuchte, kräftig mitzubellen. Eigentlich war ich das noch nicht so gewohnt, denn auf der Insel gab es ja keinen Grund, laut zu sein. Da musste man, im Gegenteil, immer möglichst leise sein, um nicht in unerwünschte Situationen zu geraten. Aber bitte, wenn das in der Schweiz so war: An mir sollte es nicht liegen, ich konnte da auch mithalten.

Und das artete dann wieder in ein ebenso fürchterliches Geschrei von Blondie und Edy aus: „Pablo, hör auf!" und „Sidney, komm her, sei still!" – und ich dachte wieder einmal, wie wunderlich doch die Menschen waren. Man konnte ihnen wirklich nichts recht machen – und so viel Krach ging mir dann selbst auch auf den Geist.

Der Sidi hatte noch so eine merkwürdige Gewohnheit: Wenn ich irgendwohin laufen wollte, legte er sich quer in den Weg und knurrte mich an, so dass ich mich nicht so recht traute vorbeizulaufen. Dann kläffte ich – und dann bekam ich eins aufs Dach. Das war doch unfair, ich machte ja schliesslich nichts falsch, aber ich würde mir das gut merken, und später, wenn ich erst mal der Boss wäre, würde ich es genauso machen!

Im Büro gab es auch eine ganze Menge Sachen, an denen man perfekt rumknabbern konnte. Auch die hatten Tapeten und vor allen Dingen so schöne Gips-Ecken, die konnte man total gut zwischen die Zähne nehmen. Und am Fussboden gab es eine etwas hochstehende Stelle, die dringend der Nachbearbeitung bedurfte ... viel Applaus bekam ich aber auch dafür wieder nicht. Dafür bekam ich aber, wenn ich mich auf meine Decke setzte, ein Leckerli. Aber nur eins, und so war das Deckesitzen dann auch schnell wieder langweilig.

„Meine Güte, Pablo – wie dumm bist du denn eigentlich?" Iiich? Überhaupt nicht. Ich halte mich, im Gegenteil, sogar für ziemlich clever. „Wenn du deine Leine kaputt beisst, kann ich dich nicht mehr festmachen und wir können nicht mehr spazieren gehen." Hm – so weit hatte ich natürlich nicht gedacht und ich machte ein entsprechend schuldbewusstes Gesicht. Dabei war das Rumkauen auf dem Leder ganz angenehm gewesen. Aber Blondie scheint so ein richtiger Problemlöser zu sein: Innerhalb kurzer Zeit hatten wir wieder eine neue Leine, Gott sei Dank, die weiteren Spaziergänge waren gesichert.

***

Im Büro lagen unsere Nerven manchmal fast blank. Sidi hatte die unangenehme Angewohnheit, jedes Mal loszukläffen, wenn die Tür aufging – und das tat sie ziemlich häufig, wie das halt in einem Büro so ist. Und er kläffte immer erst und schaute erst dann – im Gegensatz zu Jenny, die in ihrem Korb lag und erst einmal abwartete, was sich da so entwickelte, bevor sie auch nur aufstand.

Nun hätte Pablo sich ja auch an Jenny orientieren können – aber nein, er orientierte sich an Sidi. Was zur Folge hatte, dass ab dann zwei Hunde zur Tür stürzten und mit ohrenbetäubendem Geschrei jeden Neuankömmling begrüssten. Ich kaufte eine Wurfkette, die ich hinter Pablo her warf, damit er über den Knall der auf dem Boden aufprallenden Kette erschrickt, und ein paar Mal ging das auch gut. Dann hatte er sich daran gewöhnt. Wenn Sidney nicht im Büro war, liessen ihn die Besucher kalt – aber wenn jener da war, musste er zeigen, dass er mindestens ebenso gut und so laut war wie Sidi.

Zu unserem Training gehört auch, herauszufinden, wie Pablo sich im Kreise anderer Leute benehmen würde. In der Nähe unseres Büros gab es einen Imbiss-Stand, den wir mittags gerne besuchten.

Das hatte für uns den Vorteil, dass wir bei schönem Wetter an der frischen Luft waren – und die Hunde konnten dort frei umherlaufen. Fast alle Gäste hatten sie gern und sie wussten das. Besonders gern hatte sie die „Frau Wirtin", die sie hingebungsvoll fütterte, und manchmal war es einfach lustig anzuschauen, wie eine Kolonne Hunde, einer hinter dem anderen, vor dem Fenster des Imbisses sass und auf das nächste Wursträdli wartete. Sie warteten respektvoll, bis der Vorgänger fertig war und sie an die Reihe kamen.

Die Gäste nahmen Pablo mit Interesse zur Kenntnis und hörten sich seine Geschichte an und fast jeder kannte auch jemanden, der einen Hund von einer Insel, aus Italien, aus Spanien oder Griechenland, mitgebracht hatte.

Er war sehr vorsichtig. Wenn jemand ihn anfassen wollte, lief er schnell davon und ich sah, dass er Angst vor ausgestreckten Händen hatte. Und ganz besonders ängstlich war er nach wie vor bei jungen, grossen und dunkelhaarigen Männern – die mochte er gar nicht und knurrte. Und er liess sich sehr leicht verunsichern. Er hatte sich ziemlich schnell mit einem jungen Mann namens Ben angefreundet, einem absoluten Hundefreund, den auch alle Hunde liebten, und wenn Pablo nur sein Auto zufahren hörte, überschlug er sich fast. Bis Ben eines Tages mit einer Baseball-Cap auf dem Kopf ankam. Pablo knurrte ihn an und wollte sich absolut nicht streicheln lassen und der arme Ben war sehr enttäuscht. Aber offenbar hatte Pablo wirklich schlechte Erfahrungen gemacht, von denen wir nie etwas wissen würden, und ich hoffte, dass er das im Laufe der Zeit vergessen würde ...

Er war froh, als er wieder mit mir zusammen ins Auto steigen konnte – aber am nächsten Tag kam er doch auch gerne wieder mit und gewöhnte sich recht schnell an die neue Umgebung. Er lief hinter Sidney her und erkundete Gras und Sträucher, behielt mich aber immer im Blickwinkel und ging vorsichtshalber auch nie so *weit fort wie Sidney, der manchmal vor lauter Nase vergass, dass Edy auf ihn wartete.*

***

Am nächsten Mittag gingen wir zum ersten Mal in ein „Restaurant" und das war eigentlich eine feine Sache. Man konnte draussen sitzen oder rumlaufen und es waren auch noch andere Hunde da. Da war ich aber erst einmal sehr vorsichtig. „Wenn andere Hunde streiten – und vor allen Dingen, wenn es um Futter geht", hatte der alte Zottelige auf meiner Insel gesagt, „dann halte dich da raus!", und nach einem langen mitleidigen Blick auf mich fügte er hinzu: „... und du würdest wahrscheinlich sowieso nicht gewinnen." Erst da sah ich die grosse Narbe, die er an seinem linken Oberschenkel hatte. Zu gern hätte ich gewusst, was ihm da passiert war, aber ich traute mich dann doch nicht, ihn zu fragen.

Von den Leuten allerdings, die im Garten des Restaurants waren und die Blondie und Edy, Jenny und den Sidney zu kennen schienen, wurde ich mit grossem Hallo begrüsst: „Ja, wer ist denn das?" – „Was, aus Spanien kommt er?" – „Das ist aber ein Süsser." – „Wie gross wird er denn?" Ich war so viel öffentliches Interesse nicht gewohnt und zog mich erst einmal zurück. So viele fremde Menschen und Hunde und so viele fremde Gerüche, das musste ich wirklich erst ganz langsam aufnehmen. Es roch aber um mich herum sehr gut nach Gebratenem und Gekochtem, das könnte mir schon gefallen. Ich musste nur aufpassen, dass mich nicht jeder anfassen konnte.

Denn der Sache traute ich immer noch nicht. Zu viele schlechte Erinnerungen waren da noch in meinem Kopf und wenn jemand die Hand ausstreckte, lief ich erst einmal weg und knurrte vorsichtshalber.

Bei manchen Menschen konnte ich auch riechen, dass sie Angst vor mir hatten. Offenbar konnten sie aber nicht riechen, dass ich ja genauso grosse Angst vor ihnen hatte – und wenn ich dann noch anfing zu knurren, dann liessen sie mich schnell wieder in Ruhe. Also ist Knurren offenbar ein ganz gutes Mittel, das ich dann auch öfter mal anwenden kann – das werde ich mir also merken.

Die Frau Restaurant war sehr nett, aber offenbar war sie nicht ganz gesund. Ihre Hand war manchmal so unruhig, dass ihr das Essen runterfiel. Nicht, dass ich etwas dagegen gehabt hätte, es fiel ja oft vor meine Schnauze – und sehr schnell beschloss ich auch, dass ich ihr vertrauen konnte. Ausserdem war sie die Herrin über die Kochtöpfe und solche Beziehungen machten sich manchmal bezahlt. Immer mehr Leckerbissen flogen in meine Richtung und Jenny schaute neidisch zu, liess mich aber in Ruhe. Sie hatte sowieso ganz komische Essgewohnheiten: An allem schnüffelte sie erst mal fünf Minuten rum, bevor sie sich entschied, ob sie das Angebotene fressen wollte oder nicht.

Und das meiste nahm sie sowieso nicht, sie war ganz schön verwöhnt, schien mir. Noch nicht einmal Salat frass sie, und dabei ist das doch das Grösste überhaupt! Wenn sie in Zukunft nicht aufpassen würde, würde ich ihr sicher diesen oder jenen leckeren Happen wegschnappen können. Ich sagte es ja anfangs schon: Sie hatte etwas von einer Katze …

Mehr aufpassen musste ich allerdings wegen Sidi. Sobald er etwas in meine Richtung fliegen sah, startete er durch und motzte mich dann so an, dass ich vor Schreck das Fangen vergass. Das hat mich schon manchmal sehr geärgert und manches schöne Stück Fleisch ist mir so auch durch die Lappen gegangen und ich habe mir vorgenommen, ihm schon zu zeigen, wo der Bartli den Most holt – sobald ich erst einmal grösser wäre. Er hatte mich sowieso geärgert, weil er gesagt hat, ich sei ein „Sitzpinkler". Erst wusste ich gar nicht, was er meinte, aber schliesslich hat er sich doch bequemt, mir zu sagen, dass alle anständigen Hunde-Männer das Bein hoben zum Pinkeln. Ach so. Das konnte ich sicher auch. Respektive – so einfach war das auch nicht, musste ich dann merken. Bei den ersten Versuchen fiel ich immer wieder um, bis ich dann einen Ort fand, wo ich mein Bein so ein bisschen abstellen konnte, und das benutzte ich dann zum Üben.

Am Nachmittag war ich dann schön müde und habe versucht, im Büro ein bisschen zu schlafen. Das Dumme war nur, dass man da so aufpassen musste, weil eben immer etwas lief. Hin und wieder gab es auch Leckerlis und das wäre ja fürchterlich gewesen, wenn ich das verpasst hätte.

Blondie ging abends noch mit uns spazieren und sie versuchte dann immer wieder aufs Neue, was sie so Erziehung nannte. Sie gab sich grosse Mühe und ich musste immer wieder sitzen und „Platz" machen und natürlich konnte ich das auch sehr schnell – was haben Sie denn gedacht? Ich hatte ja schliesslich gemerkt, dass ich dann belohnt wurde. Nur eines wollte ich einfach nicht lernen, nämlich „Sitzbleib". Ich sah absolut keinen Sinn darin. Erstens wusste ich nicht, ob sie mich dann vergessen oder zweitens sogar loswerden wollte (na ja, ich wusste ja schon, dass ich nicht immer so gut gefolgt hatte …) und sowieso gehen Hunde schliesslich immer dahin, wo ihr Mensch hingeht.

Auch zu Hause sollte ich so alles Mögliche machen – oder eben auch nicht machen. Zum Beispiel nicht in die Küche gehen, aber da dachte ich nicht im Traum dran. Das war schliesslich der interessanteste Raum in unserer Wohnung. Blondie probierte es mit: „Rrrraus aus der Küche!", und am Anfang erschrak ich so sehr, dass ich auch sofort die Flucht ergriff. Als ich dann aber merkte, dass mir eigentlich nichts passierte, wenn ich blieb, blieb ich halt. Schliesslich stand da so ein toller grosser Kasten, bei dem man die Türen öffnen konnte, unpraktischerweise aber nur, wenn man Hände hatte, und dann kamen da die herrlichsten Wohlgerüche raus. Und sie schob auch immer Sachen rein, die sie besser in meinen Bauch geschoben hätte. Es war wirklich zu dumm, dass ich allein die Türen nicht öffnen konnte. Ich hatte es mit Hypnose versucht – indem ich die Türen stundenlang fixierte und dabei immer dachte: „Öffne dich, öffne dich!", aber nichts war passiert. Und wenn ich mich davorsetzte und Blondie und den Kasten abwechselnd ganz treuherzig anschaute, hatte sie trotzdem meistens kein Musikgehör.

Und es war eben so, dass in der Küche aus den Sachen, die aus dem Kasten kamen, wunderbare Speisen zubereitet wurden, die sich Blondie dann auf einen Teller lud und verzehrte. Ganz allein. Da war ich schon ganz schön enttäuscht, hatte ich doch gedacht, dass wir nun echte Partner seien und wirklich alles miteinander teilen würden.

Also dass ich zum Beispiel neben ihr auf dem Stuhl sitzen würde und sie würde mich fragen: „Möchtest du noch etwas?" (Was ich natürlich höflichkeitshalber nie abgelehnt hätte ...). Aber nein, so war es nicht – kein Stuhl. Also setzte ich mich wenigstens einmal neben sie und lud meine Pfote auf ihr Bein und setzte meinen treuherzigsten Blick (Sie wissen schon, den mit dem „Ich bin kurz vorm Verhungern" in den Augenwinkeln) auf. Nützte auch nichts, sie sagte höchstens: „Nimm deine Pfote da runter!" Also tat ich das, in der Hoffnung, dass es dann Wirkung zeigen würde – und gaaanz selten bekam ich auch einmal ein Bröckchen ab von den Köstlichkeiten, die da auf dem Tisch standen, viel zu selten. Aber warten tue ich immer noch, man weiss ja nie. Überhaupt sollte ich vielleicht einmal abklären, ob es nicht sogar gesetzlich vorgeschrieben war, dass Frauchen ihr Futter halbe-halbe mit ihren Hunden teilen mussten.

Wenigstens gab es am Abend aber immer ein gutes Futter. Nicht vergleichbar mit dem, was im Kasten war, aber immerhin doch viel besser als das, was ich in der Regel auf der Insel gefunden hatte. Ich hatte da allerdings den Verdacht, dass Jenny das bessere Futter hatte als ich – komisch war nur, dass Jenny das Gleiche auch von mir anzunehmen schien.

Also schauten wir uns gegenseitig tief in die Augen, um dann wie auf Kommando die Plätze zu tauschen. Blondie sagte zwar, wir hätten das gleiche Futter, aber ich glaube das nicht: Das in Jennys Napf schmeckte einfach besser. Und Jenny schien das auch so zu empfinden.

Aus der Küche kam im Übrigen auch das Wasser, und zwar aus so einem silbernen Gerät, das aussah wie ein Rohr – und offenbar so viel, wie man wollte. Komisch, ich hatte mir auf der Insel so gar nie Gedanken darüber gemacht, wo das Wasser eigentlich herkam, und es war auch nicht immer einfach zu finden gewesen. Dabei scheint das doch so simpel zu sein: Es kommt aus silbernen Röhren, man muss das halt nur wissen.

Und in der Küche stand ein sogenannter Abfalleimer. Blondie fand es gar nicht so toll, wenn ich den Deckel dieses Eimers anhob und den Inhalt kontrollierte respektive sortierte – halt, wie ich es von früher her gewohnt war. Ich fand die Idee grandios, sie nicht. Also machte ich das vorsichtshalber nur noch, wenn sie nicht gerade neben mir stand.

Ich sollte auch nicht auf dem Sofa sitzen, und das verstand ich nun auch wieder nicht – zumal Prinzessin Jenny sich darauf breitmachte und mich höhnisch von oben runter ansah. Blondie sagte, dass Jenny klein sei und wenig Platz brauche und dass ich grösser würde und dass ich dann zu viel Platz auf dem Sofa brauchen würde, so dass ich mich besser erst gar nicht daran gewöhnen sollte. Als ob ich was dazu könnte, dass ich grösser werde – wenn überhaupt!

Im Moment sollte das aber nicht mein vordringliches Problem sein, da würde ich später noch einmal drauf zurückkommen.

Wir haben auch so einen kleinen Kasten, auf dem Bilder laufen – und der sogar manchmal bellt. Jenny sitzt davor und schaut ihn an und kläfft manchmal zurück – also habe ich das halt auch versucht. Ich habe aber wirklich keine Ahnung, was das Ganze soll. Es heisst „Fernsehen" und als der Kasten zum ersten Mal bellte, bin ich drumherum gelaufen, habe vor allen Dingen mal dahinter geschaut – aber da war kein Hund und gerochen hat er auch nicht nach Hund. Da scheint mir etwas gewaltig faul zu sein!

Und sagen wir mal so: „In die Ferne sehen", so wie ich damals auf mein Meer, konnte man sowieso damit nicht. Ich konnte aber auf den Balkon gehen, den haben wir nämlich auch, und nach unten schauen, das ist dann schon eher so ähnlich. Manchmal kläffte unten auch ein Hund, aber wenn ich dann antwortete, wusste er noch nicht einmal, woher die Antwort kam. Dabei war ich doch nur acht Stockwerke über ihm, er müsste ganz einfach nur einmal nach oben schauen. Aber manche Hunde sind ganz schön dumm.

Ein ganz seltsames Ding in unserer Wohnung ist auch der Raum, der WC heisst. Wenn Blondie da reingeht, nimmt sie mich nie mit und ich wüsste gar zu gerne einmal, was sie da drinnen macht. Ich habe da eine spezielle Taktik entwickelt: Wenn die Tür zu ist, drücke ich mich auf den Boden und schiebe meine Nase ganz dicht unten an den Spalt unter der Tür und schnaufe ganz tief, weil ich hoffe, irgendetwas mitzukriegen – aber ich kann nichts herausfinden. Die Geräusche, die von drinnen nach aussen dringen, weisen aber absolut auf einen Fluchtversuch hin –höchste Alarm-Stufe also. Aus irgendeinem Grund habe ich immer Angst, sie kommt nicht mehr da raus, und so warte ich vor der Tür, bis sie dann, Gott sei Dank, wieder aufgeht. Jedenfalls ist sie bis jetzt noch immer wieder aufgegangen, aber man weiss ja nie.

Es ist irgendwie anders als bei unseren Badezimmern, deren System habe ich nun begriffen. Obwohl ich es absolut nicht gutheissen kann. Blondie steigt in diese Nische, die vorn eine Glastür hat, und dann fängt das Wasser an zu laufen und nach einer Zeit kommt sie pudelnass wieder heraus.

Ich meine, ich bin ja froh, dass sie wieder rauskommt – aber warum geht sie überhaupt erst da rein? Um ganz nass zu werden? Warum? Ich finde das überhaupt nicht erstrebenswert.

Und dann haben wir noch so ein Ding, das Telefon heisst. Wenn Sie mich fragen: vollkommen überflüssig. Sie müssen sich das so vorstellen: Man döst irgendwo so friedlich vor sich hin – und plötzlich macht das Ding Lärm, so dass man erst einmal erschrickt. Es ging noch lange, bis ich merkte, dass der Lärm überhaupt daher kam. Dann nimmt Blondie einen Teil des Apparates und redet – vermutlich ja mit mir, mit wem denn sonst, es ist ja niemand da. Aber wenn ich antworten will, sagt sie mir, ich solle still sein, und ich verstehe nur noch „Bahnhof". Sie redet in diesen Kasten (einmal hat sie ihn mir ans Ohr gehalten, und da kamen Töne raus, die mich gleich flüchten liessen) – und niemand ist zu sehen??? Und es ist immer dasselbe: Irgendwann verändert sich ihre Stimme und sie sagt so etwas wie: „Ciao, ciao!", und dann kläffe ich und sie schimpft mit mir und sagt Sachen wie: „Ich schraube dir ein Ohr ab." Ich meine, vielleicht kann sie das ja wirklich – gemein wäre es ja – und was mache ich dann? Sie hat mich allerdings im Zusammenhang mit dem Telefon auch schon gelobt. Wenn sie nämlich zum Beispiel im Bad ist und das Ding klingelt, dann belle ich auch und dann rennt sie hin (ich renne mit und wir müssen beide immer aufpassen, dass wir nicht übereinanderfliegen, woraufhin sie dann schon wieder ausruft) und nimmt wieder den Teil vom Telefon und redet. Und am Ende sagt sie: „Dieses Mal hast du es gut gemacht" – und ich habe keine Ahnung, was ich manchmal richtig und manchmal falsch mache ...

Jeden Abend nach dem Essen wäre in der Regel noch einmal eine Runde Spielen angesagt – wenn Jenny doch nur mitgemacht hätte. Aber immer, wenn ich in ihre Nähe kam, schrie sie los – und ich bitte Sie, was kann ich denn dafür, dass sie mich ganz einfach immer wieder mal an eine Katze erinnert?

Also musste Blondie herhalten und ich liess sie keinen Moment in Ruhe. Ich zerrte und fummelte ununterbrochen an ihr rum und sie sagte, sie halte das nicht aus mit mir, ihr Nerven-Kostüm sei total „im Eimer". Ich habe sie ganz genau angeschaut, aber ich konnte nicht sehen, dass an ihrem Kostüm etwas kaputt war. Also machte ich weiter.

***

Zu Hause gewöhnte er sich so langsam ein – soweit er wollte. Er betete die Küche an und da ganz besonders den Kühlschrank, aber auch den Abfalleimer, und er frass absolut alles, was man ihm hinhielt, bis zum Salat (nur keine Möhren und keine Bananen). Aber vermutlich war er das ja gewohnt, das waren die Reste, die er gefunden hatte.

Am liebsten hätte er es vermutlich gehabt, wenn er am Tisch neben mir auf einem Stuhl hätte sitzen können, als vollwertiges Familienmitglied am Esstisch.

Da das nicht ging, zog und fummelte er dauernd an mir herum und ich hatte wirklich manchmal fast keine Nerven mehr. „Lass mich in Ruhe!", wurde zum geflügelten Wort – ohne dass es ihm jedoch merkbaren Eindruck gemacht hätte. Er fand alles lustig.

Mit Jenny hatte er ein sonderbares Futter-Zeremoniell entwickelt. Beide starteten gleichzeitig zu ihren Näpfen – Jennys war rosa und Pablos war hellgrün –, ohne sich dabei aus den Augen zu lassen. Gleichzeitig fingen sie an zu fressen, erst gierig, dann langsamer und dann machten beide eine Pause – schauten sich erneut tief in die Augen und wechselten wie auf Kommando die Futternäpfe. Und das Futter des anderen schien wirklich besser zu sein (es war das gleiche), jedenfalls fielen sie wieder gierig darüber her.

Nachdem er sich so weit eingewöhnt hatte, dachte ich, es würde Zeit, dass er die restliche Familie kennenlernt. Bis jetzt hatte ich das noch nicht gewollt, weil ich ihn nicht direkt überfordern wollte – und ich wusste ja auch nicht, wie er auf Kinder reagieren würde. „Unsere drei" waren neun und sieben Jahre alt und nicht unbedingt der Typ Kind, der ständig auf einem Stuhl sass, und der Kleinste war erst acht Monate alt.

Also sagte ich Anna und Philip, sie sollten mit den Kindern doch einmal zu mir kommen. Ich war sehr gespannt, was ich mir da selbst antat, aber es half ja nichts, Pablo würde sich an die Familie gewöhnen müssen – und die Familie an Pablo.

***

Eines Tages bekamen wir Besuch, Blondie sagte, Anna sei ein Teil unserer „Familie" und eine „Familie" sei so etwas wie ein Rudel. Anna sah aus wie Blondie, nur viel jünger, und Blondie sagte, sie sei so etwas wie meine Schwester. Aber dass Blondie Probleme hatte mit Hunde-Familien, das haben Sie ja auch schon mitbekommen. Ich tat aber mal so, als glaubte ich das, und beschnüffelte sie freundlich. Sie brachte eine Menge fremder Gerüche mit, die ich nicht einordnen konnte, aber dabei war auch einer wie Hund.

Anna hat gesagt, ich sei „Konkurrenz" für die Kinder und jemanden, der „Havva" heisst, aber Blondie hat gesagt, sie solle doch nicht dumm tun, die Kinder seien auf jeden Fall wichtig. Ich habe ganz genau gehört, dass sie „wichtig" gesagt hat und nicht „wichtiger", und die Havva sei auch immer willkommen, und da bin ich ja nun wirklich gespannt, wer das ist.

Und Anna hat dann gesagt, ja, ja, sie wisse schon, sie denke egoistisch, und dass sie ganz gut verstehen könne, warum Blondie mich gernhabe, und nun scheint alles in Ordnung zu sein, na also. Und ein paar Tage später habe ich es dann getroffen – das restliche Rudel.

Einen Mann, der Philip hiess, und der Philip ist der Papa von drei Kindern und der Mann von meiner „Schwester" Anna, also so quasi mein „Schwager". Offensichtlich ist das eine komplizierte Sache mit Töchtern und Söhnen, aber Blondie hat gesagt, man könne auch „Hundesöhne" haben. Sie hat dabei aber so komisch geschaut und schief gegrinst und Anna und Philip auch und ich war nicht ganz sicher, was sie da gemeint hatte. Blondie sagte dann jedenfalls noch: „Pablo, das sind Joshua und Patrik und Emanuel, und lass dir ja nicht etwa einfallen, auf sie loszugehen!" Der Joshua und der Patrik waren schon etwas grösser, genau so in dem Alter, wie ich sie nicht gerne hatte – und der Emanuel war noch ein Bäh-Bi. Wahrscheinlich hiess das so, weil er immer „Bäh" sagte. Ich hatte Ihnen ja schon erzählt, dass ich mich mit Kindern schwertue, und wenn ich diese drei nun nicht beissen durfte, nun, dann wich ich ihnen wohl besser aus. Es passte mir auch gar nicht, dass sie offenbar anzunehmen schienen, Blondie gehöre ihnen. Da kann ich nur sagen: Finger weg, Blondie gehört mir!

„Der sieht ja gar nicht aus wie ein Spanier", sagte Philip, „eher wie ein Skandinavier." Redete der über mich? Wie sieht denn ein Spanier aus? Nicht wie ich? Und was ist ein Skandinavier? Keine Ahnung, wo da die Unterschiede lagen, aber er hatte offenbar etwas Schwarzes erwartet. Wenn der gewusst hätte, dass ich ja immer gedacht habe, ich sei schwarz …

Jedenfalls war er beruhigt, dass ich eine schwarze Nase habe (häh?), weil er Hunde mit rosa Nasen nicht mag. Dabei hat er ganz übersehen, dass ich rechts einen kleinen rosa Punkt habe – und genau das macht meinen Charme aus. Sagt Blondie.

Das Schönste an diesem Rudel-Ding war aber ganz klar die Havva, und die Havva ist ein Hundemädchen, ihre Marke ist „soft coated wheaten terrier", sagte Anna lächelnd – und Blondie sagte, na und, ich sei ein „sturdy coated balear terrier". Havva war schon zwei Jahre älter als ich, aber die konnte noch spielen! Wir tobten umher, bis uns die Zungen in den Kniekehlen hingen. Tolles Weib! Blond, so ganz nach meinem Geschmack. Ein bisschen „bossy" vielleicht, aber hm, hm ...

Ich drückte mich dann aber ganz eng an Blondie ran und passte auf, dass niemand von den Besuchern sie anfasste. Auch wenn sie Rudel waren, man kann ja nie wissen. Und ich war, ehrlich gesagt, auch ganz schön froh, als sie wieder gingen. Dann gehörte Blondie wieder mir allein. Wenn man über Jenny einmal hinwegsehen wollte, aber das wollte ich eigentlich immer.

Fast hatte ich schon befürchtet, dass sie auch bei uns wohnen wollten. Na ja, wenn sie doch unser Rudel sind? Aber das wäre mir dann wirklich auch zu viel geworden. Am Abend gehörte Blondie nur mir und da konnte ich niemanden um uns rum gebrauchen. Da wollte ich mit ihr spielen, so richtig wild, wie Hunde halt spielen, mit allen vier Pfoten, offener Schnauze und viel Temperament. Ich liess sie aber schon manchmal gewinnen, sonst war sie sauer. Nur hin und wieder vergass ich mich und dann jaulte sie ganz schön.

Eines Abends hat es plötzlich laut geknallt, kurz nach einem hellen Licht. Das kannte ich eigentlich noch von meiner Insel und ich hatte es da schon nicht gern gehabt. Dieses Mal kläffte Jenny aber kurz und böse und ich dachte mir: „Aha, das musst du dir merken: Wenn es knallt, musst du bellen" – aber im Moment war ich erst einmal still und wartete ab. Ich meine, wenn schon jemand aufpasst, muss ich das ja nicht, und im Übrigen heisst das Knallen „Donner", sagt Blondie. Und das helle Licht „Blitz". Und das Ganze heisst „Gewitter". Aber das war dann, Gott sei Dank, nach einem kurzen Regen auch gleich wieder vorbei.

Ich hatte vorsichtshalber einmal den Kopf unter das Sofa gesteckt und Blondie sagte «meine Güte, Pablo, Du bist doch kein Vogel Strauss. Dein ganzes Hinterteil schaut vor – und Du glaubst, man sieht Dich nicht?» Ja, das hatte ich geglaubt und dass es nicht so war, damit hätte ich nicht unbedingt gerechnet. Aber ganz passte ich ja nicht darunter. Entweder war ich zu hoch, oder das Sofa war zu niedrig.

Später ging dann das Theater um den Platz auf dem Bett wieder los – ich durfte einfach nicht. Dabei weiss ich genau, dass das der ideale Platz für mich wäre. Überhaupt weiss ich manche Sachen einfach besser als Blondie, aber sie will das einfach nicht begreifen. Sie sei älter, sagt sie. Als ob das eine Rolle spielte! Sie war schliesslich noch nie ein Hund und darum kann sie auch gar nicht wissen, was für Hunde wirklich gut ist. Punkt.

Aber beim Spielen, da ist sie wirklich eins a. Die wunderbaren Zerrspiele, die sie mit mir macht, sind unübertroffen. Nur, wenn sie sagt: „Nicht kaputt machen!", verstehe ich die

Welt nicht mehr. Nicht kaputt machen? Warum? Dazu sind die Sachen doch da. Oder?

Sie sagt, ich hätte extrem kräftige Tatzen, die ich ganz rund machen kann, und damit halte ich alles fest, auch Blondie, die dann losschreit wie die Jenny. Ausserdem, sagt sie, hätte ich grosse Füsse – und Schweissfüsse obendrein.

Und sie ist manchmal auch ganz schön albern. Die Kosenamen, die sie mir gibt, könnten mich glatt aufjaulen lassen. „Schnüffel-Büffel", „Schweinebacke", „Schnauzi-Wauzi" oder „Hasenherz" – wie blöd ist das denn? Ich könnte sie ja auch „Blau-Äugelein" oder „Fraui-Waui" oder sonst irgend so was nennen, wenn das dann nicht doch zu kindisch wäre.

Am Abend habe ich dann mal versucht, statt unter dem Vorhang doch unter dem Bett zu schlafen, das wäre dann so eine Art Kompromiss gewesen. Ging aber nicht richtig, ich passte einfach nicht drunter. Also habe ich nur meinen Kopf druntergesteckt und das ganze Hinterteil schaute erneut hervor. Natürlich habe ich das nicht gewusst, bis Blondie mich auch da wieder auslachte und ich beleidigt hinter den Vorhang ging. Also, wegen so was zu lachen ist ja auch ganz schön gemein. Vor lauter Frust habe ich dann in dieser Nacht in den Innen-Ecken Tapete und Putz abgebissen. Und an einer geraden Wand habe ich ein grosses Stück Gips herausgeholt – und da ist jetzt ein Loch. Als Blondie mich am nächsten Morgen total konsterniert fragte, wie ich das gekonnt hatte, konnte ich es ihr auch nicht sagen. Irgendwie ist das halt gegangen.

***

Das Treffen mit der Familie war mehr oder weniger glücklich vorbeigegangen. Pablo beäugte sie die ganze Zeit misstrauisch und sobald jemand in meine Nähe kam, knurrte er. Die Kinder hielten sich in respektvollem Abstand, teilten mir aber mit, dass ich da einen „blöden" Hund hätte, und da sie mit ihrem Familienhund, der Havva, wirklich alles machen konnten, verstand ich sie sogar.

Anna schien er aber zu mögen und so hielt er sich erst einmal an sie, bis sie sich beschwerte, dass mein Hund vielleicht doch einen „Tick zu aufdringlich" sei.

Als sie wieder gegangen waren, stürzte er sich wie ein Wilder auf mich, als ob er mir sagen wollte: „Und du gehörst doch mir!", und ich realisierte, dass mein kleiner, süsser Hund ganz schön eifersüchtig war. Oder dominant, oder wie immer man das nennen wollte.

***

Am nächsten Tag musste ich mit Blondie noch einmal an einen Ort, der so ähnlich war wie der Platz vom „veterinario" auf meiner Insel, nur hiess das hier „Tierarzt". Ich hatte so ein komisches Gefühl, aber Blondie schien den Mann zu kennen. „Das ist also der Pablo", erklärte sie ihm nicht ohne Stolz in der Stimme. „Ich habe ihn mitgebracht und er war schon beim Tierarzt auf der Insel und er hat auch einen Chip, aber ich wäre froh, wenn du ihn auch noch einmal kontrollieren würdest." „Klar", sagte der Mann, der Markus hiess, und streichelte mich. Ich hatte schon wieder das Herz in den Hosen, aber total umsonst, wie sich herausstellen sollte. Er schaute mich gründlich an, kontrollierte Augen, Ohren und Nase, drückte an meinem Bauch herum und horchte mich ab. „Alles in Ordnung, schöner Kerl", sagte er, „und gib ihm doch gleich das Zeckenmittel!" Dann redeten sie noch über etwas, das sich wie „kastrieren" anhörte, und Markus sagte, sie solle erst einmal abwarten, wie ich mich entwickeln würde – vielleicht wäre es auch gar nicht nötig. Ich nahm aber an, dass das nicht mehr mich betraf, denn wir gingen dann zusammen wieder ins Büro und später nach Hause.

Und noch einmal am nächsten Tag hatte sich in unserem Haushalt etwas geändert: Der Sidney war bei uns eingezogen. Das hört sich vielleicht ganz toll an, war es aber nicht. Gerade hatte ich Blondie noch für mich allein gehabt, Jenny zählte ja sowieso nicht, und schon war der da und spielte den Obermacker und ich konnte überhaupt nicht verstehen, was der bei uns wollte.

Edy und Mara seien fortgefahren, hat Blondie gesagt, und drum müsse der Sidi bei uns bleiben. Also ich hätte das nicht gern, wenn Blondie mich so verleihen würde, aber der hat das ganz cool genommen und hat sich ein Vergnügen draus gemacht, mich anzugiften, wenn ich etwas falsch machte – und das tat ich offenbar oft. Dann legte ich mich ganz schnell auf den Rücken, streckte die Beine in die Luft und schaute unschuldig. Sie wissen schon, so nach dem Motto „Ach, ich armer kleiner Hund!" Und kaum war er an mir vorbeigelaufen, fing ich wieder von vorn an und Blondie sagte, ich müsse aufpassen, dass ich nicht die ganze Zeit auf dem Rücken liegen müsste.

Als sie das erste Mal mit uns dreien spazieren gegangen ist, sind ihr die Haare zu Berge gestanden. Weil ... ich renne natürlich immer kreuz und quer, und den Sidi hat sie auch anbinden müssen, weil er immer auf die Velofahrer losgeht (und ich solle mir das ja nicht auch noch einfallen lassen, hat sie gesagt), und dann haben sich unsere Leinen immer wieder verheddert und es war ein riesiges Durcheinander und Gekeife, denn die Jenny musste da, wo es «gefährlich» war, auch an ihrer Leine bleiben. Wir sind dann aber an einen Ort gegangen, wo keine Velofahrer fahren durften, und da durften wir dann frei springen. Das war dann ganz gut.

Der Gipfel war allerdings, dass der Sidi auf das Bett darf – und ich darf das nicht! Er liegt dann neben Blondie und schaut mich grinsend an, und ich wusste gar nicht, wie ich das verkraften sollte. Am liebsten hätte ich eine Prügelei angefangen, wenn, ja wenn der Sidi nicht immer gewinnen würde ... Noch schlimmer war nur noch, dass der Sidi am Morgen mit Blondie immer schmusen wollte. Man stelle sich das vor: mit meiner Blondie! Auf meinem Bett. Und ich konnte nur zuschauen, denn schlussendlich hatte ich doch zu viel Respekt vor dem Sidney. Aber ich war vielleicht geladen!

Habe ich schon gesagt, dass wir (Jenny und ich) am Abend nach dem letzten Gassi-Gehen noch ein Bettmümpfeli bekommen? Das ist wirklich „der" Abschluss des Tages – und nun kriegte der Sidi das auch noch! Ich konnte gar nicht so schnell schauen, wie ich den anderen beiden das missgönnte. Wir bekamen immer den gleichen Teil, sagte Blondie jedenfalls, ich habe aber das Gefühl, die anderen kriegten immer viel mehr als ich.

Peinlich war, dass ich nun beim Bein-Heben nicht mehr pfuschen konnte, da der Sidi bei uns wohnte – er konnte das ja alles genau kontrollieren. Aber wenn er es nicht sah, stellte ich mein Bein trotzdem irgendwo ab ...

Und eines schönen Abends tat es wieder mal einen Riesen-Knall und dann noch ganz viele kleine Knalle. Ich war zu

Tode erschrocken und griff sofort wieder zu meinem alten Trick: Flucht unters Bett (so weit das halt ging) und knurren und kläffen, was die Stimmbänder nur hergaben.

Es sei der erste August, sagte Blondie, und da habe die Schweiz Geburtstag. Ich weiss ja noch nicht einmal, was ein Geburtstag ist – aber muss man deswegen so viel Lärm machen? Draussen sei auch noch ein Feuerwerk, sagte Blondie, nahm mich auf den Arm und wollte mir die vielen bunten Lichter über dem See zeigen. Die haben mich aber nur noch mehr erschreckt und mit viel Gekeuche und Gejammere bin ich vorsichtshalber fast die ganze Nacht nicht mehr unter dem Bett hervorgekommen.

Dem Sidi war das Ganze auch nicht geheuer, er winselte vor sich hin, mit aufgestelltem Fell und angelegten Ohren, und versteckte sich dann schliesslich im WC.

Nur Jenny, der schien das piepegal zu sein. Sie machte zweimal kurz „Weff" und dann legte sie sich wieder aufs Ohr und schlief weiter. Die muss ja ganz schöne Nerven haben!

Im Nachhinein kann ich es ja sagen: Passiert ist uns gar nichts, es war einfach nur laut, und ich kann nur hoffen, dass die Schweiz nicht allzu oft Geburtstag hat.

***

Mit Edy hatte ich abgemacht, dass der Sidney zu mir kommen sollte, wenn er Ferien machte. Das war schon seit Jahren so und sollte jetzt auch wieder so sein und Jenny war das gewohnt, ihr war das auch egal.

Pablo war es weniger egal. Fassungslos stand er daneben, wenn Sidney auch gefüttert wurde. Zu gern hätte er ihm das Futter weggenommen, traute sich aber nicht – und als er Sidney das erste Mal auf meinem Bett sah, blieb ihm buchstäblich die Schnauze offen und er keuchte entsetzt.

Sidney blieb aber nicht auf dem Bett, sondern schlief, auch wie immer, in einer dunklen Ecke im Bad – und solange er sich nicht bewegte, konnte Pablo ihn so vergessen.

Ich hatte nun also drei Hunde, mit denen ich spazieren gehen musste, und zwei davon zogen kreuz und quer in die Landschaft und ich musste dauernd aufpassen, dass ich nicht über die Leinen stolperte. Ich konnte nur Wege benutzen, auf denen keine Velofahrer verkehrten, denn wenn Pablo auch ganz gut gelernt hatte, die sein zu lassen – Sidney tat das nicht. Und ich musste aufpassen wie ein Sperber, dass Pablo nicht wieder mitmachte.

Drei Hunde, die kläfften, wenn sie auch nur das geringste Geräusch hörten, und die sich gegenseitig ständig motivierten. Ich fragte mich, ob ich das wohl heil an Körper und Seele überstehen würde – aber irgendwie tat ich das offenbar.

Zu Hause wollte Pablo noch mehr spielen als sonst schon und ich merkte, dass er total frustriert war. Für solche Fälle hielt ich eigentlich immer einen Kauknochen bereit, an dem er sich dann abreagieren konnte, aber manchmal nützte das auch nichts mehr. Und vor allen Dingen: Als Sidi bei uns war, konnte ich ihm den Knochen nicht geben, denn die beiden Jungs hätten sofort eine Schlägerei darum angefangen. Ich war auf alle möglichen Überraschungen gefasst – und natürlich blieben sie auch nicht aus.

***

Als ich ein „böser Hund" war, wie Blondie sagte, hatte ich nur ganz unschuldig mit ihrem Bettbezug gespielt, der mich schon lange reizte – wie er immer so schön vom Bett runterhing. Und plötzlich, ich weiss gar nicht, wie das kam, war da ein Loch drin.

Und vermutlich war das ja auch nur geschehen, weil Blondie so lange telefoniert und sich nicht um mich gekümmert hatte, und, wie gesagt, das kann ich wirklich auf den Tod nicht ausstehen. Da musste ich irgendetwas machen, um mich abzureagieren.

Jedenfalls war sie stocksauer und hat mit mir geschimpft und mich weggeschickt. Ich wollte das wiedergutmachen, aber Pfötchengeben allein hat nicht genügt – also dachte ich: „Warte mal ab!", und verzog mich in meine Ecke, bis die Luft wieder rein war. Und dieses Mal dauerte das ziemlich lange.

Sidney war wieder nach Hause gegangen, Edy hat sich sehr gefreut, als er ihn wieder abgeholt hat, und ich erst! Aber das muss man sagen, nobel war der Edy. Er hat mir ein Geschenk mitgebracht, „weil du so lieb zum Sidi warst", und fast war ich ein bisschen verlegen. Aber ich war ja „lieb", und sei es auch nur, weil Sidi mich gar nichts anderes sein liess.

„Pablo, schäm dich! – Du hast mein Kleid kaputt gerissen!" Schäm dich? Wie geht das denn? Ich meine, das könnte ich ja machen, wenn ich nur wüsste, wie. Und das Kleid, na ja, kaputt gerissen habe ich es nicht eigentlich. Ich bin mit den Krallen darin hängen geblieben. Aber Krallen hat, soweit ich weiss, jeder Hund, und dann kann ich ja auch nichts dazu. Und ausserdem hat sie so viele Kleider, überall hängen die rum, da muss sie wegen einem gar nicht so ein Geschrei machen.

Dann kam noch mehr Besuch, „die Nichten", sagte Blondie, und dass sie auch zum Rudel gehörten. Das waren zwei junge Frauen, Jani und Ricki, mit denen ich ganz toll hetzen konnte, und vor allen Dingen Ricki hatte so schöne lange Haare, an denen man herrlich ziehen konnte, bis sie jaulte. Das Dumme war nur, dass sie immer viel schneller müde waren als ich und dann nur noch keuchten: „Pablo, hör auf!" und „Lass das!", immer gerade dann, wenn ich dachte, dass es am schönsten war. Aber auch da habe ich immer gewaltig aufgepasst, dass sie Blondie nicht zu nahe kamen. Am Anfang habe ich immer gemeint, sie wollten sie beissen, weil sie ihr so die Wange schleckten, aber dann hat Blondie gesagt, das heisse „küssen" und das sei normal. Also habe ich es dann zugelassen, aber mehr auch nicht. Niemand soll mir nachsagen können, ich sei ein „fauler Hund"!

***

Gerade hatte ich mich damit abgefunden, dass Pablo mein Haushalts-Budget ganz schön belastete. An meine Kleider hängte er sich einfach dran und zerrte und wenn ich schimpfte, fand er das toll. Gelegentlich wollte ich einmal eine Liste der Gegenstände machen, die seinem „Spieltrieb" nun schon zum Opfer gefallen waren – aber vielleicht würde ich das besser doch nicht tun, weil ich wusste, dass da unter dem Strich ein ganz ordentliches Schadens-Sümmchen herauskommen würde, und dann würde ich mich nur noch mehr ärgern. Am nächsten Morgen nach dem Aufwachen glaubte, ich sähe nicht recht. Das ganze Schlafzimmer war übersät mit weissen Flocken. Nun bin ich ja morgens beim Denken, wie schon erwähnt, nicht gerade die Schnellste, aber dass es nicht in mein Schlafzimmer geschneit haben konnte, leuchtete mir sofort ein. Sehr schnell hatte ich herausgefunden, dass mein Held es dieses Mal nicht beim Bettbezug hatte sein lassen, die Bettdecke selbst war sein Opfer geworden. Nachdem ich einen Schrei losgelassen hatte, der Jenny und Pablo in die nächste Ecke stürmen liess, musste ich mich dann erst einmal sammeln.

Wie denkt ein Hund? War es ihm langweilig – oder wollte er mich strafen, weil er nicht aufs Bett durfte? Ich hatte keine Ahnung und all meine schlauen Hundebücher gaben zu diesem Thema keine Auskunft.

Vielleicht, aber auch nur vielleicht würde sich seine nächtliche Unruhe ja bessern, wenn er auch aufs Bett dürfte?

***

In dieser Nacht, als alles ganz ruhig war, hatte ich ein neues Spielzeug gefunden: die Bettdecke. Ich hatte unten in aller Gemütsruhe eine Ecke abgekaut und da kam dann lauter so weisses, fluffiges Zeug raus, das umherflog. Plötzlich war der ganze Boden weiss (er war sonst schwarz) und ich dachte, dass das Blondie sicher sehr gefallen würde.

Schön daneben gedacht! Als sie am Morgen aufwachte und die Bescherung sah, tat sie einen Schrei, der mich und Jenny erzittern liess. Irgendwie verstand ich gar nicht, was sie alles sagte und was sie von mir wollte. Gefiel ihr das wirklich nicht? Sah doch ganz hübsch aus, so schwarz und weiss – und gar nicht mehr so langweilig wie sonst ...

Sie sagte etwas von «küssen» und ich war total konfus. Warum sagte sie, sie wolle mich küssen und gleichzeitig, dass ihr meine Verbesserung nicht gefiel? Es ging eine ganze Weile, bis ich begriff, dass sie nicht «küssen» sondern «Kissen» gemeint hatte.

Und am nächsten Abend passierte ein Wunder: Blondie lag auf dem Bett, schaute mich an – und sagte: „Na, dann komm halt!" Das musste man mir keine zwei Mal sagen, ich musste auch nicht überlegen, was wohl gemeint war, mit einem riesigen Satz sprang ich nach oben und rannte erst mal wie gestört hin und her. Ich bin ja so was von stolz auf mich, dass ich es nun endlich geschafft habe, und eigentlich wollte ich in allen Tonlagen singen und versuchte, Blondie voller Begeisterung das Gesicht abzuschlecken. Was sie aber nicht eigentlich wollte, und das Singen hörte sich dann auch nur an wie ordinäres Jaulen – daran muss ich noch arbeiten. Aber da sieht man doch mal wieder, dass sich Hartnäckigkeit auszahlt.

Jenny war gar nicht begeistert, dass ich nun auch aufs Bett kam, sie warf Blondie einen langen, vorwurfsvollen Blick zu. Aber das störte mich eigentlich nicht weiter und Blondie liess sich Gott sei Dank davon auch nicht beeinflussen.

Und für mich hatte sich die ganze Welt verändert. Ich war nun plötzlich sozusagen „auf einem Level" mit Blondie – eine wichtige Voraussetzung, wenn ich Rudelführer werden wollte.

Manchmal ging ich mit Anlauf haarscharf an Jenny vorbei aufs Bett und sie meckerte dann hysterisch und ich freute mich. Aber natürlich durfte ich mir das nicht anmerken lassen, also: sofort stehen bleiben, „rumdrehenunschuldigen" Blick aufsetzen und Zunge raushängen, während die andere immer noch vor sich hinkeift. Iiiich bin unschuldig!

Blondie sagt dann: „PABLOOO!" – keine Ahnung, was sie meint, ich weiss schliesslich, wie ich heisse. Dann sagt sie: „LASS DAS!", und, na ja, eigentlich weiss ich ja schon, was sie meint. Ich vergesse es nur so schrecklich schnell wieder.

Tja, und nun durfte ich zwar aufs Bett, aber geschlafen, ich meine: richtig geschlafen, habe ich trotzdem wieder mit dem Kopf unter dem Vorhang, da war es ruhiger …

***

3. Oktober – zwei Tage vor Pablos erstem Geburtstag –
Fax an den Tierarzt:

Lieber Markus,
ich glaube, ich brauche dringend Deine Hilfe – denn irgendwie ist es bei uns jetzt so: Entweder bin ich in der nächsten Woche in der Klapsmühle – oder Pablo ist im Tierheim. Womit vermutlich keinem geholfen wäre, aber die Frage geklärt ist, warum er allein war. Ich denke momentan, er wurde ganz bewusst von jemandem ausgesetzt, der mit ihm nicht mehr klarkam.

Das war vermutlich der, der in der Präge-Phase eine Menge Fehler gemacht hat, unter denen ich nun leide. Es ist ja nicht so, dass Pablo mein erster Hund wäre (er ist der sechste), und alle habe ich ganz gut in den Griff bekommen. Und ich würde es auch wirklich sehr bedauern (und an mir selbst zweifeln), wenn ich ihn nicht auch packen könnte. Der Hunde-Erziehungskurs ist schon eine Möglichkeit, ABER: Es geht gar nicht eigentlich um Erziehung an und für sich. Er weiss sehr wohl, was „Sitz!", „Platz!", „Komm!" heisst, und auch „Fuss!" geht schon ganz ordentlich. Wenn er will, begreift er innert einer Minute, worum es geht – wenn ich z. B. viermal mit der Zunge schnalze, kommt er, sitzt und erwartet ein Leckerli, das er mit viel Lob dann auch bekommt. Und ich habe ihm auch schon ganz gut beibringen können, dass man Velofahrer sein lässt. Er wird nur gelegentlich von Sidney irritiert, der das nicht lässt – und dann meint er wieder, er müsse auch ... An den Joggern üben wir noch. Solche Sachen begreift er sehr schnell, nur: Was er nicht will, begreift er gar nicht.

Unser Haupt-Problem ist folgendes:

Nun ist er vier Monate bei uns – und springt den lieben langen Tag an mir und jedem, der gerade an ihm vorbeigeht, hoch und reisst an allen Kleidern. Er beisst in Finger und Füsse – und man kann ihn nicht davon abbringen, weder mit guten noch mit bösen Worten oder mit Gesten.

Nun sehe ich ja schon den Übermut des jungen Hundes, aber irgendwann wird das alles zu viel und muss doch auch mal zu bremsen sein! Wenn ich ihm über die Schnauze greife, ist zwei Minuten Ruhe, dann geht es wieder los. Wenn ich ihn auf den Rücken lege (sofern er sich nicht voller Begeisterung schon selbst hinschmeisst), schreit er mordio – springt auf, schüttelt sich – und macht weiter. Auch die Wurfkette findet er schrecklich lustig. Wenn ich ihn auf den Balkon sperre (beim ersten Mal hat ihm das noch Eindruck gemacht), gräbt er in allen Blumentöpfen – oder schreit die Nachbarschaft zusammen. Wenn ich ihn in einen anderen Raum sperre, macht er kaputt, was gerade zur Hand respektive zur Schnauze ist. Möglicherweise hat sein voriger Besitzer das alles geduldet oder ist dann eben auch nicht mehr damit fertig geworden. Pablo jedenfalls findet, das seien alles tolle Spiele.

Und natürlich hat er Spielzeug und genügend Kauknochen, und dass er die kaputt macht, ist ja egal – aber alles andere? Ich weiss schon: Woher soll er wissen, was erlaubt ist und was nicht – aber *er hat einfach einen Drang nach Zerstörung, den ich so noch bei keinem meiner Hunde erlebt habe.*

Ich nehme mir Zeit für ihn – ich spiele mit ihm und gehe zweimal täglich etwa eine Stunde mit ihm spazieren und mache mit ihm Lernspiele, begleitet von Leckerlis. Die macht er auch voller Begeisterung mit, aber sobald wir wieder zu Hause sind, fängt alles von vorn an.

In der letzten Woche allein hat er mir zwei Kleider zerrissen, am Hundekorb kaut er vorwiegend, auch, wenn ich den mit Pfeffer, Senf oder Parfum einschmiere. Eine Bettdecke und ein Bezug haben bereits daran glauben müssen und die Tapeten holt er von den Wänden (am liebsten in den INNEN-Ecken!), als ob sie nur mit Tesafilm aufgehängt wären. Die Teppiche sind mittlerweile alle fransenlos und meine Fingernägel würde er zu gern abbeissen, wenn ich ihn liesse ... Einen eigenen Platz hat er von Anfang an nicht gewollt, weder daheim noch im Büro – und das ist das nächste Problem: Da geht er mit Gekläffe auf alles los, was sich bewegt ... und deswegen sitzt er im Moment in seiner Alu-Box im Auto, weil ich ja nicht zulassen kann, dass er meine Kunden als allfällige Terroristen betrachtet und sie deshalb anpöbelt – aber das kann ja keine dauerhafte Lösung sein. Er schläft in der Schlafzimmer-Ecke mit dem Kopf unter dem Vorhang – aber wenn ich aufwache, liegt er auf dem Bett und ist der liebste Hund, der sich unheimlich freut, dass ich auch wieder wach bin. Am Anfang durfte er nicht aufs Bett (Jenny durfte immer schon und klar, das hat er gesehen) – da hat er dann so lange alles Greifbare zerstört, bis ich endlich nachgab und er auch raufkonnte.

Ich weiss, erzieherisch ist das eine totale Pleite – aber ich möchte ja auch nicht meinen ganzen Hausrat erneuern müssen.

Ausserdem lässt er Jenny absolut nicht in Ruhe, die Arme traut sich schon nicht mehr aus ihrem Korb raus. Wenn sie sich bewegt, springt er auf sie drauf und es ist ein ewiges Geschrei und Gekeife. Zwischendrin kann er der netteste Hund sein, auch mal kurz folgen und auch gerne mal schmusen – aber mehrheitlich ist er der pure Satan.

Und im Moment, wie Du sicher merkst, bin ich am Ende meiner Kräfte und meiner Nerven. Trotz im Moment verletztem Bein hinke ich mit ihm durchs Feld, begleitet von der ständigen Hoffnung, er möge sich doch ändern.

Ich vermute ganz einfach, dass ich da einen ADS-Hund habe, der vielleicht Ritalin oder so was braucht ... wenn es das doch bei Kindern gibt, man liest ja immer wieder davon, warum soll es das nicht bei Hunden auch geben? Er ist auf jeden Fall dermassen wild, dass ich mich (und Dich) langsam frage, ob es nicht wirklich ein Medikament gibt, das ihn einmal für eine Zeit etwas ruhiger stellen kann. Ein homöopathisches Mittel aus der Apotheke habe ich schon probiert – das liebt er zwar sehr, aber es zeigt null Wirkung.

Auch Hopfen-Kapseln haben nicht geholfen, die Bachblüten-Tabletten ebenso nicht – da habe ich also praktisch schon alles Erhältliche probiert.

Das Problem wäre ja: Wenn ich mich von ihm trennen müsste, käme er in andere Hände und wäre dort auch nicht anders. Und vielleicht wieder in andere – und wieder in andere (und vielleicht ist das ja auch in der Vergangenheit schon geschehen und führte mit zum heutigen Problem). Und dann ist er total verdorben und niemand hat Freude an ihm. Ich weiss ja nicht, was er alles erlebt hat, aber ich glaube: nie wieder einen Hund, dessen Geschichte ich nicht kenne – bei aller Sympathie. Zumindest keinen, der schon acht oder neun Monate alt ist und Erfahrungen gemacht hat ... Ich könnte mir aber vorstellen, dass es, wenn man seine Gewohnheiten einmal brechen könnte, nachher vielleicht anders wäre. Was meinst du dazu?

Und das sei auch noch gefragt: was mache ich falsch?
Verzweifelte Grüsse – Blondie

***

Also, ich glaube wirklich, ich bin das Stiefkind der Nation! Blondie fummelt dauernd an mir rum – also denke ich, dass man das so macht, und fummele auch an ihr rum. Und weil ich ja nur zwei Vorderpfoten habe, nehme ich die Schnauze eben noch dazu und finde das prima. Sie aber nicht, sie wird dann jedes Mal nach einer Zeit hysterisch und sie redet dauernd auf mich ein. Wäre ja gar nicht nötig, wenn sie mal versuchen würde, Hundesprache zu verstehen. Ist doch wirklich ganz einfach:

• wenn ich meine Ohren runternehme und nach hinten richte und den Schwanz ruhig halte, dann bin ich einfach „cool" und warte mal ab und

• wenn ich meine Ohren aufstelle, die Augen weit aufreisse, die Zunge ein bisschen raushängen lasse und mit dem ausgestreckten Schwanz leicht wackle, dann heisst das: „Wau, was passiert jetzt – da pass ich mal auf."

• wenn ich meine Ohren nach vorn nehme und andrücke und genau aufpasse und vielleicht auch leise grummele, dann ist das ganz klar „Das habe ich nicht gern" und

• wenn ich die Augen zusammenkneife, die Zähne zeige, eine Kräuselnase mache, die Ohren anlege und den

Schwanz in die Höhe halte (und meistens knurre ich noch dabei), dann ist das: „Nur noch einen Schritt näher und ich pack zu!"

•

Ist doch wirklich nicht schwierig, oder? Sie müsste sich nur mal ein bisschen mehr Mühe geben. Und wenn ich versuche, ihre Schnauze zu lecken, versteht sie das auch nicht richtig. Dabei lernt man schon als ganz kleiner Welpe, dass man dem Ranghöchsten ehrerbietig das Maul lecken muss. So wie man warten muss, bis er gegessen hat, damit man dann selbst etwas bekommt. Wenn ich also ihre Schnauze lecken will, und das geht ja sowieso nur im Liegen, sonst komme ich ja nicht dran – und daran sieht man doch wieder einmal, was der Mensch für eine Fehlkonstruktion ist, er hat ja noch nicht einmal einen anständigen Fang –, schickt sie mich weg. Das beleidigt mich – und sie merkt das noch nicht einmal. Auch wenn ich mir Mühe gebe und kläffe, wenn ich ein fremdes Geräusch höre, hat sie das nicht gern. O. k., ich höre viele fremde Geräusche, aber ich kann ja auch nichts dafür, dass Hunde so gut hören. Und riechen übrigens auch. Eine Hundenase rieche mindestens tausendmal besser als eine Menschen-Nase, habe ich gehört, und weil ich keine Ahnung habe, wie viel tausend sind, glaube ich das auch sofort. Vielleicht etwas mehr als vierzehn oder fünfzehn.

Dafür sehen wir nicht so gut, sagt Blondie, von wegen der Dioptrien. Das sind so irgendwelche Augen-Dinger und für die braucht man, glaube ich, diese komischen Gestelle, die manche Menschen auf der Nase tragen, aber Blondie sagt auch, die für Hunde müssten dann so dick sein wie Flaschenböden. Ich weiss nicht, ob sie sich manchmal nur so etwas ausdenkt, um mich zu ärgern – jedenfalls habe ich noch nie einen Hund mit so einem Gestell auf der Nase gesehen. Blondie hat so ein Ding und wenn sie es aufsetzt und ich ihr in die Augen schaue, dann sind die viel grösser als ohne. Das ist doch komisch, oder? Jedenfalls braucht das Ding wohl ganz dringend, denn hin und wieder (und zwar immer öfter), stolpert sie über mich, wenn sie nicht aufpasst und ich erschrecke dann jedesmal fürchterlich. Sie entschuldigt sich zwar immer und sagt, ich sei nicht schuld, sie habe mich nur nicht gesehen, aber so klein bin ich ja eigentlich auch nicht.

Und sie sagt, ich sei fürchterlich eifersüchtig und benähme mich deshalb total daneben. Sie hat mir dann erklärt, dass ein „Frauchen" auch zwei Hunde gernhaben kann. O. k., ein „Frauchen" schon – aber eine Blondie? Sie sagt, ich sei ihr „Bester" und Jenny ihre „Beste". „Bester" habe einen Buch-staben mehr als „Beste" und daran könne ich erkennen, dass ich wichtig sei. Wie bitte?

Ich glaube viel eher, dass sie mir da Märchen erzählt:

Jenny zum Beispiel wird immer ins Auto gehoben und ich armer Teufel soll selbst hineinspringen. Natürlich kann ich das, darum geht es ja gar nicht, es geht darum, dass sie wie-der einmal besser behandelt wird als ich. Und dass sie viel kürzere Beine hat als ich und sowieso viel kleiner ist und das Auto so gross, das ist doch nur eine Ausrede. Also setze ich mich manchmal hin und tue so, als ob ich auch nicht springen könnte, und ein paar Mal hat das auch geklappt, sie hat mich dann hineingehoben. Weil ich aber offenbar doch nicht so leicht bin, drückt das ganz schön unangenehm beim Heben und so denke ich, dass es wohl doch besser ist, wenn ich selbst springe. Ausserdem hat sie offenbar meinen Trick durchschaut und sagt immer öfter, sie könne mich nicht heben und ich solle gefälligst selbst springen, ich käme ja auch auf jede Mauer rauf.

Und dann ist da auch noch die Sache mit dem Alleinlassen. Das tut man ja wohl auch nicht, wenn man einen „Besten" hat und wenn man erst noch weiss, dass Hunde zur Gattung „canus vulgaris domesticus" gehören und einfach immer mit ihrem Rudel zusammen sein wollen.

Manchmal, wenn wir zusammen im Büro sind, geht sie von dort ohne mich fort und ich habe den starken Verdacht, dass sie dann ohne mich in ein Restaurant etwas essen geht. Sie sagt zwar, sie müsse dann arbeiten, aber da kann irgendetwas nicht stimmen. „Arbeiten", das weiss ich ja, wie das geht. Sie sitzt auf ihrem Stuhl vor dem sogenannten Computer und schlägt auf die Tasten ein. Dann steht sie zwischendrin mal auf und läuft umher und macht irgendetwas und dann setzt sie sich wieder hin. Das ist Arbeiten. Und das hat mit Weggehen rein gar nichts zu tun.

Und nicht genug damit: Zu Hause macht sie das manchmal auch. Da geht sie einfach und nimmt mich nicht mit (Jenny allerdings auch nicht, wenigstens das) und ich finde das absolut nicht in Ordnung. Wir sind schliesslich Partner und dann kann man doch annehmen, dass wir alles zusammen unternehmen. Ich lasse sie auch nicht gern allein irgendwohin gehen. Alles Mögliche könnte ja geschehen, sie stellt sich manchmal so tollpatschig an und dann müsste ich doch auf sie aufpassen können.

Das heisst, wenn etwas geschehen würde, wäre das der grösstmögliche GAU überhaupt, denn, nun ja, schliesslich wüsste ich dann gar nicht, ob ich sie oder mich zuerst retten muss. Die Vorschrift für Hunde sagt ja: „Mensch zuerst", aber muss man sich wirklich immer an die Vorschriften halten?

Als sie das erste Mal allein fortging, wusste ich es: Sie hatte mich verlassen! Zugeschlossen hatte sie auch noch, so dass auch niemand reinkonnte – und nicht nur das: Die Jenny hatte ich auch noch am Hals. Der schien das seltsamerweise gar nichts auszumachen. Na, wenn die sich mal bloss nicht zu sehr auf mich verliess!

Ich war einem Nervenzusammenbruch nahe und versuchte erst einmal das in solchen Fällen übliche Kriegsgeheul. Als ich merkte, dass es nichts nutzte, gab ich zwar auf, aber ich hatte nur einen Gedanken: Würde sie wiederkommen – oder hatte sie mich tatsächlich verlassen? So wie mein voriger Mensch? Und als sie die Tür wieder aufschloss, sind mir fast die Beine unter dem Bauch weggegangen vor Erleichterung. Natürlich habe ich mich mittlerweile daran gewöhnt, dass sie wieder-kommt, und ich hoffe, dass das auch so bleibt – aber siehe oben! Man muss sie manchmal vor sich selbst schützen!

Im Moment bin ich total verunsichert – alles ist so kompli-ziert. Zum ersten Mal habe ich ein bisschen Heimweh nach meiner Insel. Dort war alles so einfach. Gut, ich hatte nicht das gleiche Leben wie hier, ich meine, komfortabel und so, aber dafür konnte ich auch tun und lassen, was ich wollte.

Was ist nun besser? Und was mache ich nur falsch? Bin ich denn tatsächlich so ein schrecklicher Hund? Möglicherweise muss ich wirklich an mir arbeiten …

***

Im ersten Fax an den Tierarzt war kaum die Tinte trocken, als ich anfing, an Wunder zu glauben, und ich sah mich veranlasst, schnellstens ein zweites Fax hinterherzuschicken, nämlich:

6. Oktober – einen Tag nach Pablos erstem Geburtstag – Fax an den Tierarzt:

Lieber Markus,
du wirst es nicht glauben – aber manchmal erledigen sich Dinge von allein ...

Ich glaube, Pablo hat meinen Fax an dich gelesen und besonders gut den Absatz mit dem Weggeben: Vom selben Abend an war er wie umgewandelt. Nicht, dass er kein Temperament mehr hätte, aber er ist doch wesentlich freundlicher mit uns allen. Ich glaube langsam, dass er ganz einfach mondsüchtig ist (gibt es das?) – besonders heftig war er eigentlich immer bei Vollmond und Neumond – und er stammt ja schliesslich vom Wolf ab ...

Und am Samstag gehe ich mit meiner Tochter und ihren Kindern sowie mit ihrem Hund und mit Pablo für zwei Wochen in die Ferien. Ich verspreche mir davon, dass der Pablo und die Havva zusammen spielen können und danach so richtig k. o. sind.

Vielleicht bin ich das dann aber auch ... jedenfalls hoffe ich, dass sich durch diese Ferien einiges ändert – und wenn nicht, melde ich mich wieder, wenn ich zurück bin. Herzliche Grüsse – Blondie

***

„Pablo, wir fahren in die Ferien", sagte Blondie einen Tag nach meinem ersten Geburtstag – und darunter konnte ich mir gar nichts vorstellen. Weder unter dem Geburtstag noch unter den Ferien und natürlich wusste ich auch nicht, was es bedeutete, dass ich nun „schon ein Jahr alt" war, aber ich hatte etwas Besonderes zu essen bekommen und ein neues Spielzeug und damit fand ich den Geburtstag eigentlich ganz o. k. So was könnte ruhig öfter passieren.

Ich dachte mir noch, dass es viel gescheiter gewesen wäre, wenn sie jedem Schweizer auch eine Wurst und vielleicht ein neues Spielzeug gegeben hätten, damals, als die Schweiz Geburtstag hatte. Dann hätten sie nicht so einen Lärm veranstalten müssen und es hätte jeder was davon gehabt und, wer weiss, vielleicht hätte auch dieser oder jener Hund noch etwas davon abbekommen.

Und nun: „Ferien" – war das nun schon wieder ein neues Land, wenn wir doch dorthin fuhren? Es stellte sich heraus, dass das wirklich so war, aber das Land hiess nicht „Ferien", sondern „Frankreich". Ich sagte ja schon einmal, dass Menschen kompliziert sind – warum nennen sie es nicht gleich beim Namen? Doch nur, um uns zu verwirren. Jedenfalls fuhren wir dorthin. Ich musste mit der Havva zusammen in der Auto-Box sitzen (Jenny blieb bei Edy), das ging ja noch. Bei der Gelegenheit verrate ich Ihnen ein Geheimnis, aber ich wäre froh, wenn Sie das nicht weitererzählen würden – auch Blondie muss es nicht unbedingt wissen: Ich fühle mich viel sicherer, wenn ein anderer Hund das Kommando übernimmt. So bin ich auch zu Hause immer froh, wenn Jenny zuerst kläfft, und dann kann ich mich da anhängen – oder im Büro der Sidi, und genauso war es nun mit der Havva. Sie hatte die Führung übernommen und ich habe so getan, als wollte ich auch gerade „Wau" sagen, wenn sie loslegte.

Bei einem Haus ganz im Grünen sind wir ausgestiegen, das

war traumhaft. Direkt hinter der Tür fingen Weinberge an, weit und breit keine Strasse und wir durften immer raus, wenn wir wollten. Und das haben wir vielleicht genossen! Nur etwas hat mich gestört: Von Zeit zu Zeit hat es immer geknallt, und das hasse ich ja nun, wie ich auch schon erwähnt habe, wie die Pest. Gina, die Hausbesitzerin, hat gesagt, es sei Jagd-Saison. So ganz nebenbei, als ob das gar nichts Besonderes wäre. Ich konnte nicht rausfinden, ob die Hunde jagten, aber vorsichtshalber habe ich immer den Schwanz eingezogen und bin sofort wieder zu unserem Haus zurückgelaufen, wenn ich einen Knall hörte. Die Havva war davon weniger beeindruckt – aber wenn sie nicht aufpasste, würde sie schon noch sehen, was sie davon hatte! Ich habe ihr jedenfalls gesagt, sie solle vorsichtig sein – und dass ich sie im Falle eines Falles nicht retten könne.

Und noch etwas war nicht so schlecht: Der Emanuel konnte nun schon in einem kleinen Stuhl sitzen und er hatte rausgefunden, dass ich sofort zur Stelle war, wenn er etwas runterfallen liess. Das hat ihm grossen Spass gemacht – und mir erst! Besonders, wenn man es fressen konnte!

Täglich wurde ich gebürstet, weil mir angeblich das Fell ausging und dann immer in der Wohnung rumlag, und Anna hatte das wegen der Kinder gar nicht gern, sagte sie. Ich würde doch wohl keine Glatze bekommen? Blondie hatte aber eine sehr angenehme Bürste und wenn ich die sah, sprang ich sofort auf einen kleinen Tisch vor dem Haus, damit sie mich kämmen konnte, und den nannte sie dann den „Frisiertisch". Das war Wellness pur – hat da jemand gedacht, Hunde hätten das nicht auch gern?

Komisch war, dass die Menschen hier schon wieder eine

ganz andere Sprache sprachen als in Spanien oder in der Schweiz. Französisch hiess das, man hätte ja auch meinen können, Frankreichig, aber nein, Französisch. Wieder einmal verstehe ich die Menschen nicht: Wenn sie doch in allen Ländern andere Sprachen sprechen, wie können sie sich dann jemals verstehen? Ich meine, da sind wir Hunde doch viel gescheiter, wir haben ein internationales Alphabet und das fängt bei „Wau" an und hört bei „Wuff" auf. Und wo immer ich hingehe, kann ich mit Kollegen reden. In Frankreich konnte ich die Ohren spitzen, wie ich wollte: Wenn die Menschen redeten, habe ich gar nichts verstanden.

Aber es war eine schöne Zeit in Frankreich – zwei Wochen haben die Havva und ich genossen und wir hätten uns diese Art Freiheit beide schon für immer vorstellen können. Aber wie es immer so ist, wenn es am schönsten ist: Nach zwei Wochen fuhren wir wieder zurück in die Schweiz.

***

Was ich mir von den Ferien versprochen hatte, traf zum grossen Teil ein. Nach einer langen Fahrt, auf der sich beide Hunde vorbildlich benahmen, kamen wir in Frankreich an und konnten sie gleich laufen lassen, damit sie die Gegend erkunden konnten. Unser Ferienhaus stand am Rande eines Rebberges, allein, und auf den Wegen, die drumherum führten, konnten sich die Hunde vergnügen.

Pablo ging vorsichtshalber nicht zu weit weg und als er einen ersten Knall hörte, war er auch blitzartig wieder beim Haus. Es sei Jagd-Saison, sagte Gina, und der Gedanke begeisterte mich auch nicht. Schliesslich wusste ich nicht, wo die Jäger waren – und worauf sie schossen, und genauso ging es Pablo.

Ihm gefiel aber sehr, dass Emanuel nun in einem Kinderstuhl sitzen konnte und ihn ständig angrinste. Der kleine Schlingel hatte sehr schnell herausgefunden, dass er Pablo eine Freude damit machen konnte, wenn er etwas (vorzugsweise Essbares) auf den Boden warf, und wir mussten schnell einmal aufpassen, dass nicht sein ganzes Essen auf dem Boden landete. Pablo bedankte sich dafür mit überschwänglichem Anspringen, das darin resultierte, dass Emanuel auf seinen Allerwertesten fiel, was er dann jeweils mit Geschrei quittierte. Immer beobachtet von einem Pablo, der keine Ahnung hatte, worum es ging.

Die beiden „Grossen" fanden ihn in seinem Überschwang eher lästig und so gingen die drei sich aus dem Weg. Auf jeden Fall war genug Platz da für alle und das Experiment konnte als „gelungen" betrachtet werden. Nach zwei Wochen fuhren wir alle wieder nach Hause.

***

Als wir wieder zu Hause waren, haben wir meine „Patentante" Barbara besucht. Sie wohnt in einem grossen Haus mit einem wunderschönen Garten und als wir hinkamen, waren noch mehr Leute da und ein riesiger Hund. „Schau mal, das ist der Esref!", sagte Blondie und: „Esref, das ist der Pablo." Ich glaube, meine Patentante gehört dem Esref und ich habe noch nie so einen grossen Hund gesehen. Ich dachte schon, der grosse Alte, den ich in der Vergangenheit auf der Insel getroffen hatte, sei gross gewesen, aber der Esref übertraf ihn noch um einiges. Und dünn war der! Er sei Marke „Saluki", sagte Blondie, und er müsse so dünn sein. Vermutlich hat sie wieder einen ihrer Witze machen wollen und das stimmte gar nicht. Wahrscheinlich hatten sie dem armen Esref nur zu wenig zu essen gegeben und wollten nicht dazu stehen, und plötzlich war ich ganz froh, dass Blondie mich damals zu sich genommen hatte und nicht Barbara. Aber zu mir war Barbara wieder ganz nett. Sie schenkte mir Kauknochen und sonst noch viele gute Sachen – und ach, habe ich es schon erwähnt? Das tolle Halsband, das ich trage und auf dem mit goldenen Buchstaben gross „PABLO" steht, habe ich auch von ihr bekommen. Der Esref war eigentlich ein ganz netter Kerl, ein bisschen ungelenk, überall waren ihm seine langen Beine im Weg. Wie die Bremer Stadtmusikanten liefen wir hintereinander her: der grosse Esref, dann ich und dann der Sidi, und wir hetzten uns gegenseitig, bis uns die Zungen quer aus dem Maul hingen und wir total erledigt unter den Büschen oder im Gras zusammenbrachen.

Mittlerweile hatte ich mich natürlich schon lange daran gewöhnt, dass ich regelmässig Futter bekam, und das Futter war eigentlich auch nicht schlecht – nur: Ich wäre eigentlich auch ein Süss-Esser. Besonders Schokolade hätte es mir angetan. Aber irgendwann ist Blondie mit der Theorie dahergekommen, dass nur 60 Gramm dunkle Schokolade einen Hund umbringen können. Wer schreibt auch so etwas? Das muss ein Hundehasser gewesen sein, und ich bin absolut überzeugt davon, dass Schokolade für Hunde sehr gesund ist. Ich müsste nur mal die Gelegenheit dazu haben, das zu beweisen. Und ich habe mir auch schon überlegt, ob Blondie das Ganze nicht nur erfunden hat, damit sie nicht mit mir teilen muss. Wer weiss, wer weiss!

Die Geschichte mit den Leckerlis hatte im übrigen noch Steigerungsmöglichkeiten, das hätte ich ja gar nicht für möglich gehalten. Blondie versuchte, meine Erziehung auszubauen und wedelte bei bestimmten Gelegenheiten mit einem Keks vor meiner Nase rum. Manchmal klappte das gut für uns beide und dann atmete sie auf, weil eine dumme Situation vorüber war, und ich, weil ich wieder mal einen zusätzlichen Keks ergattern konnte.

Ich hatte mir nämlich so ein bisschen angewöhnt, bestimmte Hunderassen schon mal von ferne anzukläffen (meistens die schwarzen) – auch, wenn wir beide frei liefen. Und Blondie sagte, das gehöre sich nicht, und ein anderer Hund könne das auch mal falsch verstehen und jedenfalls solle ich das sein lassen. also: sie wedelt mit dem Keks, ich sitze und bekomme ihn – und ach, da vorne ist schon wieder ein neuer Hund, eine neue Chance. Knurren, sitzen, Keks. Haben wir da irgend etwas falsch verstanden?

Einige Zeit, nachdem wir aus Frankreich zurückgekommen waren, wurde es draussen immer kälter. Blondie zog sich dicke Mäntel an und Jenny manchmal einen dicken Pullover mit Rollkragen. Ich fand ja, dass das reichlich doof aussah, aber offenbar schien die sich darin wohlzufühlen. Sie fror ja auch so schnell, das arme Ding, so klein und dünn, wie sie war. Und auf der Strasse blieben die Leute wieder stehen und sagten: „Jöööh, ist die herzig!" und „Ist das noch ein Baby?", und da sieht man doch mal wieder, was die Jenny für ein Theater machen kann. Obwohl ich ja eigentlich zugeben muss, dass sie gar nichts gemacht hat, denn sie ist ja viel mehr als zehn Jahre alt.

Und dann hat es eines Tages geschneit. Dicke weisse Flocken sind vom Himmel gefallen, aber wenn ich sie mit meiner Nase genau kontrolliert habe, waren sie sofort wieder weg – und kalt waren sie erst noch. Aber als es immer mehr geschneit hat, ist die ganze Wiese weiss gewesen und es hat schön ausgesehen. So ähnlich wie damals, als ich die Bettdecke zerrissen hatte und das ganze Schlafzimmer weiss aussah. Nur, damals bekam ich keine kalten Füsse – und das tat ich jetzt, aber es war trotzdem lustig, in dem weissen Zeug umherzuspringen. Mit Blondie, den Kindern und der Havva durfte ich auf einen Berg fahren, wo noch mehr Schnee lag, und Gott sei Dank hat sie so viel zu tun gehabt mit dem Aufpassen auf die Kinder, dass die Havva und ich praktisch machen konnten, was wir wollten. Und die Gelegenheit haben wir genützt! Wir sind den Berg rauf, den Berg runter, die Havva hat mich umhergekugelt, ich habe die Havva umhergekugelt, es war kalt, aber wunderbar. Wir waren klatschnass und nicht gerade sauber und unsere Zungen hingen uns quer aus den Mäulern, aber wir müssen schon ganz schön glücklich ausgesehen haben – jedenfalls meinte Blondie das. Aber auch der schönste Tag geht ja mal zu Ende, nur gut, dass es zwischendrin immer mal wieder neue gab. Zum Beispiel dann, wenn Brigitte mich zum Spazieren abholte, denn dann gingen wir auch zusammen in den Schnee. Wir mussten aber immer auf den Berg rauffahren, denn hier unten bei uns schneite es nicht mehr, es war nur noch kalt. Und nass. Und Blondie hat auch gesagt, dass ihr der Frühling wirklich lieber sei, und sie klapperte mit den Zähnen, wenn sie rausmusste. Sie ist noch auf die Idee gekommen, mir auch einen Pullover anzuziehen – aber das konnte ich gar nicht tolerieren. Die Jenny hatte das Ding ja an und da sah ich doch, wie blöd das aussah. Und wenn Jenny das auch gut fand und Kopf und Schwanz weit nach oben hielt – für mich war das nichts. Ich habe so lange gescharrt und mich gewälzt, bis ich wieder in meinem natürlichen Fellkleid dastand. Blondie hat das auch nie wieder probiert. Ein neues Halsband – o. k., aber ein Pullover? Nein, wirklich nicht mit mir! Das ist was für Sissis.

In der Zeit, als es kalt war, war es draussen plötzlich viel schöner – überall brannten viele Lichter und es sah sehr lustig aus, wenn der Schnee drumherum tanzte. Ich hörte, wie Blondie mit Anna darüber redete, dass ich eventuell einen Baum umwerfen könnte, weil ich ihn noch nie gesehen hatte. Wie dumm ist das denn? Ich hatte vermutlich in meinem Leben mehr Bäume gesehen und kontrolliert als Blondie – und umwerfen? Wie soll ein Hund denn einen Baum umwerfen?

Das Rätsel löste sich, als wir dann an einem Tag Anna und Philip und die Kinder besuchten. Da stand tatsächlich ein Baum mitten im Wohnzimmer, und da hing auch noch ganz viel buntes Zeug dran. Erst habe ich mir überlegt, ob sie den wohl für die Havva hingestellt hatten, aber dann fiel mir ein, dass die Havva ja ihr Bein beim Pinkeln gar nicht hob. Sie nannten das „Weihnachtsbaum" – und das Einzige, was ich davon verstand, war, dass man nicht zu schnell darumherum rennen durfte, weil er umkippen konnte – und dass er erst noch vor der Tür stand, wo man sonst in den Garten gehen konnte. Lichter waren auch dran und an einem Tag hatte Anna etwas Feines gekocht. Sagte Blondie jedenfalls, denn glauben Sie nur ja nicht, dass wir Hunde auch etwas davon bekommen hätten. Die Havva ist da ganz schön arm dran, sie bekommt nur ihr Futter und sonst gar nichts, gar keine Leckerli, weil sie das alles nicht verträgt. Sagt Anna. Und so bekam ich auch nichts.

Ein paar Tage später waren alle so hektisch und den ganzen Tag über hatte es schon vereinzelt geknallt. Das kann ich ja nun, wie Sie wissen, gar nicht ausstehen, und am Abend nahm die Knallerei noch zu! Erst habe ich mir wie blöd mit der Jenny zusammen (o ja, wenn's um was ging, konnten wir auch zusammenhalten!) fast die Seele aus dem Leib gekläfft, aber irgendwann habe ich begriffen, dass das gar nichts brachte. Also bin ich, wutsch, beim nächsten grösseren Knall mal wieder teilweise unterm Bett verschwunden und hab mich auch nicht mehr gemeldet – und ich war sicher, niemand würde mich finden, auch wenn es noch schlimmer würde.

Blondie hatte uns gesagt, dass die Menschen das neue Jahr so begrüssen – und ich verstehe absolut nicht, warum die immer alles so laut machen müssen!

Jenny war, das hatte ich gesehen, auf das Bett gegangen und das hielt ich für ziemlich riskant. Aber sie war dann auch still und wir liessen die Knallerei Knallerei sein. Erst am nächsten Morgen, als wieder alles ruhig war, kam mir in den Sinn, dass ich Blondie hätte beschützen müssen! Alles Mögliche hätte ja passieren können – und ich hatte mich feige zurückgezogen. Ich denke, ich habe der Rasse der Hunde da nicht viel Ehre gemacht – ich fürchte, ich vermenschliche langsam!

Aber irgendwann wurde es dann wieder Frühling. Es wurde wärmer und die Bäume und Sträucher, die alle keine Blätter mehr hatten, wurden plötzlich wieder grün. Ich wüsste ja gerne mal, wie die das machen. Blondie sagte, das sei so ähnlich wie bei mir mit dem Winter- und Sommerfell, ausser dass mein Fell natürlich nicht grün wird. Mir persönlich ist es ja lieber, wenn wieder Blätter da sind, Sie verstehen schon, Schamschwelle beim Beinheben und so.

***

Der erste Winter in der Schweiz – für Pablo war der Schnee neu. Wie ein übermütiges Kind sprang er ausgelassen umher und versuchte, die Flocken zu fangen. Leider schneite es nicht sehr oft und man musste schon auf den nächsten Berg fahren, um ein bisschen liegengebliebenen Schnee zu finden.

Und mit dem Winter kamen das Weihnachtsfest und Silvester. Pablo sagte das Weihnachtsfest natürlich nichts und bei uns zu Hause änderte sich auch nicht sehr viel. Aber bei Anna stand der Weihnachtsbaum ausgerechnet vor der Tür, die die Hunde normalerweise als Ausgang in den Garten benutzten – und so verbrachten wir den Nachmittag eigentlich mehr damit, den Baum zu retten, als mit Feiern. Was die Kinder wieder doof fanden, weil die Hunde damit im Mittelpunkt standen. Aber auch dieser „friedliche und fröhliche" Tag ging vorbei. Natürlich hatte Pablo ein Weihnachtsgeschenk bekommen und natürlich schleppte er das auch sofort ab – aber ebenso natürlich war das für ihn auch selbstverständlich. Oder besser: Er wäre genauso zufrieden gewesen, wenn er nichts bekommen hätte. Eigentlich war mir das schon vorher klar gewesen, aber wir Menschen neigen ja dazu, die Hunde auch zu vermenschlichen – und das ganz besonders an so stimmungsvollen Tagen ...

Silvester war dann schon kritischer. Den ersten Knall überhörte er noch, der zweite wurde von Jenny mit einem empörten „Weff" kommentiert, was Pablo zu einer ganzen Tirade von Schimpfwörtern animierte. Und dann bellten sie in schöner Zweisamkeit, was die Lungen nur so hergaben, und meine Versuche, Ruhe zu stiften, gingen in dem ganzen Lärm hoffnungslos unter.

Als sie einmal Luft holen mussten, realisierten sie offenbar, dass das ganze Geschrei nichts brachte, und Jenny zog sich mit angewidertem Blick und offenbar beleidigt aufs Bett zurück, während Pablo es vorzog, darunter zu flüchten. Ich sah ihn erst im „nächsten" Jahr wieder ...

***

„Pablo, wo ist der Fisch?" Der Fisch? Welcher Fisch? Ach, der Fi..., der eben noch in der Küche lag? So hiess das Ding also? Der ist in meinem Bauch. Er lag so günstig und er roch so gut. Ich konnte ja nicht ahnen, dass er nicht für mich bestimmt war – aber offenbar war das so. Sorry, hm.

Und gestern hat Blondie eine Art Flugstunde genommen. Wir wollten aus dem Büro nach Hause gehen, ich sass so ganz harmlos da – also o. k., mitten im Weg – und sie hatte einen Plan in der Hand und sah mich nicht und – päng, da lag sie. Ich konnte mich mit einem entsetzten Sprung gerade noch retten. Stellen Sie sich vor, was passiert wäre, wenn sie auf mir gelandet wäre ... ich wäre ein Platthund gewesen, eine ganz neue Rasse. Nix mehr Balear-Terrier! Sie hat aber gesagt, das nächste Mal wolle sie besser aufpassen – Gott sei Dank, ich dachte schon, ich sei schuld gewesen!

Seit ich auf dem Bett schlafen darf, bin ich praktisch ein ganz neuer Hund. Blondie schmust mit mir. Ich wusste am Anfang ja gar nicht genau, wie das geht, und war da sehr skeptisch. Sie hat mich so an sich gezogen und befummelt und ich bin ihrem Gesicht ganz nahe gekommen. Ich dachte erst immer, wenn sie näher kam, sie wolle mich beissen, und dann wusste ich nicht, was ich tun sollte. Ich hatte ja gelernt, dass man den Rudelführer nicht beissen darf, aber eben auch, dass man zum Gesicht des Rudelführers respektvollen Abstand wahren musste. Verlegen lächelnd habe ich die Lefzen nach hinten gezogen und versucht, ihr

Gesicht zu lecken, aber das wollte sie dann auch wieder nicht. Wie man es macht, ist es verkehrt. Es ging sehr lange, bis ich merkte, dass sie mich gar nicht beissen wollte, sondern einfach „knuddeln" – so nennen das die Menschen, wenn sie wollen, dass man sich auf den Rücken legt, damit sie einem den Bauch kraulen können. Wenn sie heute ruft: „Pablo, komm knuddeln!", dann tue ich einen riesigen Satz und knuddele mit. Wenn sie sagt: „Küsschen", dann lege ich mich auf die Seite und halte ihr meine Wange hin. Also, im Schmusen bin ich ganz gut geworden, wir liegen so nebeneinander und ich geniesse, wie sie alle Teile meines Luxus-Körpers massiert und streichelt. Am Hals und an der Brust und unter den „Armen" habe ich das besonders gern – nur meinen Schwanz darf sie nicht anfassen, der ist mein Heiligtum. Vielleicht eines Tages, aber ich weiss es noch nicht genau.

Und wenn sie so leise und lieb auf mich einredet, dann versuche ich, in allen Tonlagen zu antworten, so mit Wimmern und Jammern und Leise-Jaulen, und sie findet das offenbar lustig – also muss ich das noch besser üben.

Eigentlich sind die Menschen ja ziemlich wankelmütig. Es gibt Zeiten, da sagt Blondie mir, ich sei „ihr Kleiner", und dann wiederum sagt sie, ich sei ihr „gaaanz Grosser". Nun sagen Sie mir mal: Wer bin ich wirklich? Man könnte glatt eine Identitäts-Krise bekommen!

Ich habe jedenfalls dann auch noch gelernt, dass ich mit meinen Vorderpfoten und mit den Zähnen ihre Hände dahin ziehen kann, wo ich gekrault werden will, und das hat sie dann auch schnell begriffen. Sie ist nicht so dumm – und so ist sie in Sachen „Wellness" wirklich einsame Spitze geworden.

Manchmal will ich allerdings auch sehr wild spielen, „wildeln" nennt Blondie das. Das erinnert mich so schön an die Zeit mit meinen Geschwistern, in der wir uns gebalgt haben, dass die Fetzen flogen. So würde ich mir eigentlich mein Verhältnis zu Blondie auch vorstellen, aber sie ist so fürchterlich wehleidig. Immer, wenn ich mal ein bisschen mehr zupacke, jault sie gleich: „Aufhören wildeln", und dann muss ich mich wieder zusammenreissen. Schade!

Als Nächstes versuchte ich aber mal, wie ich bei ihr mit meinen Knurr-Spielen ankam, denn ich wusste ja, dass ich in allen Tonlagen knurren konnte. Blondie ist da am Anfang nicht ganz draufgekommen, sie wusste nicht immer gleich, was ich meinte, und ich bedauerte sehr, dass ich ihr das nicht deutlicher sagen konnte. Wenn ich knurrte und dabei die Nase leicht kräuselte, hiess das: „Das habe ich nicht so gern" – aber wenn ich knurrte und dabei lächelte, dann wollte ich spielen. Am Anfang habe ich noch oft die Nase gekräuselt, da war mir einiges nicht ganz geheuer. So im Lauf der Zeit wurde ich aber lockerer und ich habe sie sogar so weit gebracht, dass sie mir den Kauknochen festhielt, während ich daran nagte. Natürlich knurrte ich auch dabei, aber sie sah ja wohl selbst, dass da nichts Böses dabei war. Jedenfalls, so sagte sie, hätte ich eine niedrige Knurr-Toleranz-Schwelle, was immer das auch wieder ist. Ich finde Knurren halt schön. Aber das mit dem Kauknochenfesthalten: Daran sieht man doch wieder einmal, wie gut man sich seine Menschen erziehen kann. Und wenn sie ihn loslassen will, packe ich mit der Pfote zu und erinnere sie sofort wieder an meine Vorlieben.

Blondie meinte aber, was ich tat, sei manchmal nicht einfach nur Knurren, sondern Leute-Anpöbeln, und das dürfe man nicht. Dabei waren es oft nur meine Reflexe, die mich zum

Knurren brachten – böse gemeint habe ich es nicht. Glaube ich jedenfalls, aber manchmal kannte ich mich selbst auch nicht so gut.

***

Pablo war nun schon anderthalb Jahre alt und noch immer extrem übermütig. Ich konnte ihm nicht abgewöhnen, mich und alle anderen Leute, die er kannte, anzuspringen, sosehr ich es auch versuchte. Er freute sich so unbändig, dass man eigentlich nur lachen konnte. Und Wäsche waschen. Trotzdem wäre ich froh gewesen, wenn einer der Tricks, die man mir empfahl, geholfen hätte. Leckerlis halfen – aber nur einmal. Beim nächsten Mal dachte er offenbar, er werde fürs Anspringen belohnt, also sprang er und setzte sich sofort danach hin.

Er war ein sehr geschwätziger Hund geworden, dauernd knurrte oder quietschte er vor sich hin. Wenn ihn jemand anschaute – aber erst recht, wenn ihn jemand nicht beachtete.

Und noch etwas hatte er richtig gut gelernt: kläffen. Und das ging mir ganz gewaltig auf den Geist. Wenn er eine Fliege sah: Pablo kläffte. Wenn jemand im Haus einen Nagel einschlug: Pablo kläffte. Wenn irgendwo die Türglocke läutete: Pablo kläffte. Und wenn er hörte, dass der Lift bis zu unserem Stockwerk fuhr, stand er praktisch neben sich vor Aufregung.

Damit hatte ich nun also zwei Übel: Pablo kläffte oder Pablo knurrte.

Auch hier konnten die schlauen Bücher mir nicht weiterhelfen. Alles, was sie vorschlugen, hatte ich schon probiert und nichts davon hatte genützt.

Manchmal hätte ich wirklich sehr gerne gewusst, wie sein Leben „vorher" gewesen war. Vielleicht hätte das viel erklärt und vielleicht hätte ich damit gewusst, wo ich ansetzen musste. Im Moment konnte ich nicht viel tun, als immer wieder versuchen, einen neuen Trick herauszufinden. Ich hatte gemerkt, dass es ihm half, wenn ich ihn ablenkte. Also sagte ich ihm, er solle seinen Kauknochen suchen, wenn er sich aufregte. Das half, vorübergehend. Und er lernte auch, im Sitzen zu kläffen – nur eines lernte er nicht: erst mal schauen und dann den Notstand ausrufen. Er rief halt.

***

„Pablo Harald", sagte Blondie, „das ist ja grauenhaft. Du stinkst ja gotterbärmlich." Nun wusste ich ja schon, dass es kritisch wurde, wenn sie meinen vollen Namen benutzte, aber eigentlich war ich mir keiner Schuld bewusst. Ich war mit Edy, Sidi und Jenny spazieren gegangen und da war ein Feld, das sah leicht grünlich aus und roch himmlisch. Ich bin mal reingestiefelt, und dann konnte ich der Versuchung nicht widerstehen: Ich habe mich von rechts nach links und von links nach rechts gewälzt und ich roch anschliessend genauso himmlisch wie das Feld. Dachte ich jedenfalls. Und ich war auch leicht hellgrün. Aber wie immer, wenn mir was besonders gut gefällt, hatte Blondie was dagegen: „Ab in die Badewanne!", aber da machte ich nicht so einfach mit, ich machte erst mal „ab unters Bett" und Blondie schimpfte wie ein Rohrspatz vor sich hin. Dass sie dann in dem Bett noch schlafen müsse, unter dem es dann auch stinke (das musste ich ja schliesslich auch!), und dass ich sofort hervorkommen solle und dass sie jetzt einen Besen hole, und da dachte ich dann: „Na ja, geh besser mal wieder hervor, bevor sie noch ganz hysterisch wird!"

Sie hat mich dann gepackt und in die Badewanne gestellt, und das, das können Sie mir glauben, kann ich ganz und gar nicht leiden. Nass von oben bis unten, sogar der ganze Kopf, und keine Möglichkeit auszuweichen. Ich habe die Flucht nach vorn durchs Fenster probiert, aber Blondie hat das falsch verstanden. Sie hat gedacht, ich stellte mich extra auf den Badewannen-Rand, damit sie besser an mich drankäme! Dummerweise kam sie das auch, aber dann packte sie mich und setzte mich auf ein Handtuch und rubbelte mich ab und da konnte ich dann endlich fliehen und ich habe mich geschüttelt, so gut es nur ging – wieder begleitet von ihrem Geschrei, sie könne jetzt das ganze Badezimmer putzen. Na und? Kann sie ja, wenn sie will, und sie hätte mich ja nicht baden müssen. Der Shampoo-Geruch gefällt mir sowieso nicht und ich werde mir grosse Mühe geben, den möglichst schnell wieder zu übertünchen. Hoffentlich kommen wir bald wieder bei dem schönen hellgrünen Feld vorbei ...

Können Sie sich vorstellen, dass nicht nur in Frankreich geschossen wird, sondern auch in der angeblich so friedlichen Schweiz? Jaha, so ist es. Da ist so ein schöner Feldweg, der zum See führt, und da gehen wir manchmal spazieren und eines Tages sprang ich aus dem Auto – und es knallte. Erst schaute ich mich mal um, ich meine, es hätte ja sein können, dass ich den Knall selbst verursacht hatte, aber plötzlich ging mir ein Licht auf: Das war genau die gleiche Knallerei, wie ich sie in Frankreich gehört hatte, und was gibst du, was kannst du, nahm ich meine Beine unter die Arme und suchte unter einem Busch Zuflucht. Bis Blondie am See ankam, war nichts mehr von mir zu sehen und es verging eine ganze Zeit, bis ich vorsichtig wieder nach vorne kam.

Blondie hat zwar gesagt, es werde dort nicht auf Hunde geschossen, sondern das sei bloss ein Schützen-Verein und es passiere gar nichts, aber Vorsicht ist die Mutter der Porzellankiste.

Und jetzt gehen wir nur noch ganz selten an diesen schönen Platz, schade eigentlich. Nur, wenn sie sicher ist, dass gerade nicht geschossen wird. Ich weiss auch gar nicht, warum ich so Angst habe, wenn es knallt. Das muss irgendwie mit meiner Kindheit zusammenhängen. Ich kann mich zwar nicht genau erinnern, aber irgendetwas war da.

Wenigstens nimmt sie mich nun öfter an alle möglichen Orte mit, und darüber bin ich ganz schön froh. Ich mache mir ja ziemliche Sorgen, wenn sie allein geht, und so schusselig, wie sie manchmal ist, kann sie da doch allerhand Dummes anstellen. Mein Benehmen ist zwar offenbar nicht immer tadellos (Sie kennen ja mein Knurr- und Kläff-Problem – und manchmal geht es einfach mit mir durch), aber ich gebe mir Mühe.

***

Aus irgendeinem Grund hatte ich angenommen oder gehofft, Pablo interessierte sich nicht für frisch gedüngte Felder. Wie konnte ich mich nur so irren! Mein weiss-brauner Hund war plötzlich hellgrün und stank wie die Pest. Sich selbst schien er zu gefallen – für mich gab es nur: ab in die Wanne!

Und dieses schöne Feld hatte auch noch einen anderen Nachteil: Es lag ziemlich in der Nähe des örtlichen Schützenhauses und als Pablo zum ersten Mal merkte, dass es dort auch knallte, rannte er wie eine Rakete in Richtung See und ich stand da und schaute

wohl ziemlich dumm. Nachdem ich ihn dann wieder geholt hatte –
ein zitterndes, sich sträubendes Bündel Hund an einer Leine –,
sah er mich an, als ob er sagen wollte: „Also, da gehst du sicher
nicht mehr mit mir hin!", und genau das hatte ich mir da auch
schon vorgenommen.

Ansonsten habe ich aber angefangen, ihn öfter mal mitzunehmen,
wenn ich irgendwohin muss – er soll schliesslich lernen, sich auch
in unbekannter Umgebung zu benehmen. Das fällt ihm schwer.
Alles wird angeknurrt oder, noch schlimmer, angekläfft und ich
hoffe, dass er, der doch sehr lernfähig ist, auch hier möglichst bald
herausfinden wird, was richtig und was falsch ist.

*** *

Ich habe ein Hundemädchen kennengelernt, das auch Spa-
nierin ist, und sie heisst Lilli. Sie ist eine Schönheit, lange
schwarze Locken, wunderbare Augen, tolle Zähne und das
Schönste ist, sie wohnt auch hier in der Schweiz. Sie hat
auch ihre eigenen Menschen und die haben uns besucht.
Plötzlich war da so ein Geruch um Lilli rum, den ich nicht
deuten konnte – aber höchst interessant. Ich bin immer wieder nah an sie drangegangen, um an ihr zu schnüffeln, bis
es ihr zu viel wurde und sie sich zurückzog. Dieser neue
Geruch liess mich aber nicht mehr los.

Blondie sagte zu Lillis Mensch: „Sprich doch mal spanisch
mit ihm, ich will mal schauen, wie er reagiert, wenn ein
Mann mit ihm spanisch spricht!", und der Mensch hat das
dann auch getan und ich war zu Tode erschrocken. Die Sprache, die ich jetzt sprach und auch mittlerweile gut verstand,
war viel schöner, Spanisch hatte lauter so harte Worte. Vorsichtshalber ging ich Robert, so hiess Lillis Mensch, dann

erst mal aus den Augen. Wer weiss, was das für einer war, wenn er Spanisch sprach! Da klingelte eine Glocke bei mir – und solche Typen hatte ich doch genug gesehen und eigentlich mit ihnen abgeschlossen. Aber dann sprach der Robert wieder deutsch mit mir und ich dachte, dass er vielleicht doch ganz nett sei.

Er fragte, ob ich auch „Schwimmhäute" zwischen den Zehen hatte – was die Menschen manchmal so für Ideen haben!!! Angeblich hatten das alle Hunde von unseren Inseln und als Blondie nachschaute, fand sie offenbar wirklich welche. Bin ich nun damit ein Fisch?

Dabei bin ich ja begeisterter Nichtschwimmer. Ich meine, ich gehe ja jetzt ins Wasser, aber nur bis zu den Knien. Und auch nur, weil der Sidi mich „Weichei" genannt hat. Wir waren da an einem Meer, das war viiiel kleiner als mein Meer auf der Insel und auch nicht so schön sauber. Blondie hat gesagt, das heisse „See" und sei nicht direkt ein Meer – aber nass ist es jedenfalls auch. Der Sidi ging ganz ins Wasser, er „tauchte" sogar – man stelle sich das einmal vor! – und suchte dort einen Stein. Als er ihn gefunden hatte, brachte er ihn ans Ufer und kläffte wie verrückt. Ich habe einfach mal mitgekläfft, hatte aber keine Ahnung, worum es ging. Der Sidi hat den Stein dann dem Edy gebracht und der hat ihn wieder ins Wasser geworfen und dann hat der Sidi ihn wieder geholt. Bescheuertes Spiel, wenn man mich fragt. Nachher hat er sich im Sand gewälzt (der Sidi, nicht der Edy) und sah aus wie ein paniertes Erdferkel und im Büro hat er dann den ganzen Sand verloren und Blondie hat die Augen verdreht. Aber ich bin ein bisschen neidisch, weil der Sidi sich das mit dem Wasser traut und ich nicht.

Der Robert hat dann auch noch gesagt, dass alle Hunde von den Inseln den Namen einer reichen Familie haben müssten, die auf der Insel wohnt, und schon hatte ich wieder einen neuen Namen weg: „Señor Paya". Gefiel mir aber nicht besonders, Pablo ist viel schöner.

Und der Geruch, den ich da kennengelernt hatte, den gab es nicht nur bei Lilli, da waren noch ganz viele Hundemädchen, die ähnlich rochen, und irgendwie zog es mich dorthin. So sehr, dass Blondie eines Tages buchstäblich „auf den Latz" flog. Mitten auf der Strasse und nur, weil ich sie ein bisschen zu sehr in Richtung einer läufigen Spaniel-Dame gezogen hatte, während Jenny auf die andere Seite zog, weil sie wieder einmal keinen Kontakt mit einer anderen Hündin haben wollte. Blondie liess im Flug unsere Leinen los und Jenny und ich rannten beide jeder in eine andere Ecke und warteten erst einmal ab. Es sah sehr gefährlich aus, und als sie aufstand, hatte sie Blut im Gesicht und hinkte. Wir wussten beide nicht, was wir machen sollten, aber dann sammelte sie uns wieder ein, stöhnte ein bisschen vor sich hin, fluchte dann, packte uns ins Auto und fuhr mit uns nach Hause. Wir sagten keinen Ton, jeder sass in seiner Auto-Ecke und wartete ab, und daheim gingen wir ihr vorsichtshalber erst mal aus dem Weg.

Als es ihr wieder besser ging, meldete sie mich erneut beim Tierarzt an und ich muss sagen, dass ich davon gar nicht begeistert war. Vor lauter Angst passierte mir dort ein kleines Malheur – mir, der ich doch sonst absolut dicht war.

Und mittlerweile wusste ich ja, wie „Schämen" geht, also tat ich es ausgiebig. Schwanz und Ohren nach unten, Augen nach innen klappen – das ist Schämen. Peinlich, peinlich!

Der Tierarzt packte mich – und dann kann ich mich nicht mehr an viel erinnern, nur noch daran, dass Blondie plötzlich wieder da war und mich mit nach Hause nahm, dass ich mich so komisch benommen fühlte und dass mir am Bauch etwas weh tat. Ich sollte so einen grossen weissen Plastikkragen um den Hals tragen, aber nachdem ich alle möglichen Gegenstände auf meiner Halshöhe damit umgeworfen hatte, nahm Blondie mir das unangenehme Ding wieder ab. Ich hörte Blondie darüber reden, dass man jemanden „kastriert" hatte, und was ganz seltsam war: Als es mir wieder besser ging, interessierte mich der Hundemädchen-Geruch nicht mehr so wie vorher.

***

Ich hatte mir lange überlegt, ob ich Pablo kastrieren lassen wollte – unwillkürlich tritt man ja immer so menschliche Vergleiche an, aber mit der Pubertät hatte er auch die Hundedamen entdeckt. Und wurde, falls das überhaupt möglich war, noch wilder. Ausserdem hatten wir ja Jenny zu Hause. Der Tierarzt riet mir dann zu und so musste Pablo eines Morgens antreten. Er, der sonst so eine grosse Klappe hatte, hinterliess eine Pfütze beim Tierarzt, als der ihn nur untersuchte ...

Anschliessend „litt" er erst einmal eine Zeit lang und musste gehörig verwöhnt werden. Meinte er. Aber bald schon war er wieder „normal" – und wirklich viel ruhiger, wenn er draussen ein Hundemädchen traf. Ich hatte wieder neue Hoffnungen, dass er nun vielleicht generell auch ruhiger werden würde, und gab ihm noch etwas Zeit.

***

Weil ich doch so krank war, sagte sie mir zum Trost: „Wir fahren ins Tessin!" Sie wissen nicht, wo das ist? Ich auch nicht. Aber Blondie hat gesagt, es sei nicht weit, nicht so weit wie Frankreich, und die Nichten kämen auch mit – und, viel schlimmer, der Joshua und der Patrik obendrein. Und so war es dann auch. Wir sind wirklich nicht lange gefahren, bis zu einem Haus mit einem wunderschönen Garten, das ganz steil am Hang lag. Einhundertundvierundzwanzig Treppenstufen musste man hinuntersteigen (und wenn man wieder zum Auto wollte, leider auch wieder hinauf, leider für Blondie, ich hatte da ja keine Probleme) – und man hatte eine wunderbare Aussicht auf den ganzen Lago Maggiore und der ist ganz schön gross. Wo der Himmel anfing, ging der immer noch weiter. Blondie hat beim Treppensteigen so getan, als ob sie die schöne Aussicht bewundere, immer wieder, aber ich hab den Trick schnell durchschaut. Ihr fehlte ganz einfach die Puste. Natürlich habe ich erst mal alle Ecken im Haus ausgeschnüffelt – und dann bin ich im Garten unter einem Busch verschwunden. Da kam, sozusagen, der „Urhund" wieder in mir hoch, obwohl ich eigentlich gar nicht mehr genau wusste, warum ... Irgendwann habe ich es mir dann aber überlegt und bin doch zu Blondie und den anderen in das Haus gegangen. Das war vielleicht ein Trubel, Blondie hatte gar nicht so recht Zeit, sich um mich zu kümmern, und das hat mir überhaupt nicht gepasst.

Jeden Tag haben sie etwas anderes vorgehabt und wir hatten Glück, das Wetter war auch schön und wir wollten eigentlich zwei Wochen bleiben. Nach einer Woche haben die Jungs aber angefangen rumzuzicken, sie wollten wieder heim und die Jani-Nichte musste auch nach Hause und so hat Blondie gesagt, o. k., dann bleiben halt die Ricki-Nichte und wir zwei allein dort, und die Jani hat den Joshua und den Patrik wieder mitgenommen. Da wurde es wenigstens etwas leiser und sie konnten sich um mich kümmern und der leidige

Konkurrenzkampf war vorbei. Am Wochenende ist Brigitte dann noch mit der Mimi gekommen und wir sind in Ascona spazieren gegangen. Und in einem der vielen Cafés haben wir etwas getrunken und ich habe ganz lieb unter einem Stuhl gelegen und mich ausgeruht. Genau so lange, bis ein Kellner kam und mir auf den Schwanz trat, der ein bisschen unter dem Stuhl hervorschaute. Natürlich habe ich einen mörderischen Schrei losgelassen, ist ja klar, und der arme Kellner ist so erschrocken, dass sein Tablett mit Eis und Kaffee ins Wackeln geriet und im hohen Bogen auf den Boden flog. Er war nicht sehr begeistert und sagte etwas Italienisches, das ich als kräftigen Fluch erkennen konnte – aber Blondie auch nicht und weil wir ja auf der Terrasse sassen und ich eigentlich bis dahin auch ganz brav gewesen war, konnte auch niemand schimpfen. Dumm war ja nur, dass ich das Eis noch nicht einmal auflecken durfte, das hätte ich nämlich zu gern gemacht, aber Blondie sagte: „Halt dich lieber zurück ...", und so habe ich es dann auch mit grossem Bedauern sein lassen.

Jedenfalls, als wir wieder in dem Haus waren, tat es einen riesigen Knall und ich war so erschrocken, dass ich versuchte, zum Fenster rauszuspringen. „Wie dumm bist du denn?", wollte Blondie wissen. „Wenn das Fenster jetzt offen gewesen wäre, wärst du anderthalb Stockwerke tief gefallen, und meinst du, das hätte dir gutgetan?" Wenn sie so fragte, vermutlich nicht, auch wenn ich keine Ahnung hatte, was anderthalb Stockwerke waren. Aber ich glaube, das war ganz einfach nicht mein Tag ...

Am nächsten Tag sind wir mit dem Auto dann rund um den Lago Maggiore herum gefahren, das ist vielleicht ein grosser See! Ich kann ja nicht sagen, dass ich viel davon hatte, und Blondie hat nachher gesagt, na ja, das müsse sie so bald auch nicht mehr haben, aber jedenfalls sind wir auch durch Italien gefahren und das war ja dann schon das x-te Land, das ich gesehen habe. Hätte man ja nie gedacht, dass ich mal so ein Weltenbummler werde ...

Genau genommen sah Italien aber auch nicht anders aus als die Schweiz. Die Bäume waren ein bisschen anders und wenn wir angehalten haben, habe ich gehört, dass die Leute dort schon wieder eine andere Sprache sprachen, und schon wieder habe ich nichts verstanden. „Italienisch" hiess die Sprache, und ich glaube, dass sie dort ganz viele Hunde haben. Jedenfalls haben sie immer wieder „bello" gesagt. Und die Plätze und so rochen auch nach Hund, fast wie daheim, aber als die zweite Woche um war, sind wir wieder nach Hause gefahren. Eigentlich muss ich sagen, dass ich ganz froh bin, wenn ich wieder nach Hause komme. Da kenne ich alles und muss mir keine Gedanken machen – und das tue ich vor allen Dingen besonders im Dunkeln. Zu Hause ist es zwar auch dunkel, aber halt anders dunkel.

Und Sie sehen schon: Man muss dauernd auf Blondie aufpassen, sie macht manchmal wirklich dummes Zeug. So wie neulich: Ich trödelte etwas abseits auf unserem kleinen Spazierweg – es war schon ziemlich dunkel – und erkundete die Gegend. Plötzlich sah ich zwei finstere Gestalten auf Blondie zulaufen. Ich nahm also die Pfoten unter die Beine und nix wie hin, todesmutig.

Na ja, ich konnte ja nicht ahnen, dass die zwei Männer nur an ihr vorbeilaufen wollten. Und dass Blondie dann so unfreundlich zu mir sein würde, nachdem ich die beiden erfolgreich in die Flucht geschlagen hatte, auch nicht. Ich meine, die beiden sahen wirklich bedrohlich aus, mit dunklen Mänteln und Schals um den Kopf gewickelt. Es hätte ja ganz gut sein können, dass sie Böses im Sinne hatten. So was Undankbares! Aber das nur zwischenrein.

***

Um schon einmal richtig Frühlingsluft zu schnuppern, hatten wir uns in den Frühlings-Ferien der Kinder entschlossen, für zwei Wochen ins Tessin zu fahren. Joshua und Patrick sollten mitkommen, Pablo natürlich auch und Jenny würde bei einer Freundin bleiben – und die beiden Nichten kamen ebenfalls mit.

Als wir in Brissago ankamen und unser Ferien-Domizil anschauten, sagte lange niemand ein Wort. Hundertundvierundzwanzig Treppen führten nach unten zum Haus und uns war natürlich auch in Sekundenschnelle klar, dass man diese hundertundvierundzwanzig Treppen wieder hinaufsteigen musste, wenn man zum Auto wollte. Aber gut, jetzt waren wir schon einmal hier, das würden wir auch schaffen. Für Pablo war das natürlich kein Problem, fröhlich sprang er die Treppen runter und schaute zurück, als ob er sagen wollte: „Kommt, schnell, das Abenteuer lockt!" – aber als er unten war und ins Haus rein sollte, war er nicht mehr ganz so mutig. Mit langem Hals schlich er hinein und kontrollierte es gründlichst. Als er gemerkt hatte, dass offenbar keinerlei Gefahr drohte, wagte er sich in den Garten und ich sah ihn plötzlich nicht mehr – bis er dann nach einiger Zeit langsam unter einem Busch hervorgekrochen kam. Offenbar ein kleiner Rückfall in die Vergangenheit.

Er war nach Frankreich zum ersten Mal für längere Zeit Tag und Nacht um die Kinder herum und ich war gespannt, wie das wohl gehen würde. Er sah sich auch als Kind – und zwar als das wichtigste. Ständig wollte er Aufmerksamkeit und wenn sich mir ein Kind näherte, drängte er sich dazwischen.

Plötzlich kam ich mir uralt vor: zwei hübsche junge Damen, die überall Aufmerksamkeit erregten, zwei vorpubertäre Jungs, die immer stritten und sich zuleide taten, was sie nur konnten – und obendrein noch ein Hund, der überall mitmischte. Jeder war auf jeden eifersüchtig.

Und so war ich auch nur mässig böse, als die beiden Buben in der zweiten Woche lieber nach Hause wollten. Das Tessin kannten sie sowieso schon von vorigen Besuchen und Jani, die auch nur eine Woche bleiben konnte, nahm die beiden mit nach Hause. Wo sie dann ihren Eltern erzählten, wie sie misshandelt worden waren ...

Die jüngere Nichte und Pablo blieben bei mir und wir konnten es ein bisschen gemütlicher nehmen und so fuhren wir einmal rings um den Lago Maggiore. Im Nachhinein kamen wir zu dem Schluss, dass wir mehr davon gehabt hätten, wenn wir auf der Terrasse gesessen und ihn bewundert hätten, denn eigentlich sahen wir ja nur Strassen. Vor allen Dingen für Pablo muss es langweilig gewesen sein – er schaute zwar aufmerksam aus dem Fenster, aber immer nur in der Hoffnung, einen Hund zu sehen, den er dann verbellen konnte.

Am Wochenende besuchte uns Brigitte mit Mimi und wir gingen in Ascona am See spazieren und wollten noch auf einer Restaurant-Terrasse einen Kaffee trinken. Pablo lag friedlich unter dem Stuhl, er war müde, aber offenbar schaute seine Schwanzspitze unter dem Stuhl hervor. Und genau die traf ein Kellner, der ein vollbeladenes Tablett mit Eiscreme und Kaffee am Nebentisch abladen wollte. Was natürlich Pablo zu einem Schreckensschrei der Horror-Klasse veranlasste, was wiederum dem armen Kellner so in die Glieder fuhr, dass erst er selbst und dann das Tablett ins Wackeln gerieten – was soll ich sagen? Die ganzen schönen Eisbecher und der Kaffee lagen plötzlich auf dem Boden und Pablo sah das als willkommenen Segen und wollte sich sofort bedienen – in seinem eigenen Interesse hielt ich ihn zurück. Punkte haben wir nicht gerade gesammelt an diesem Nachmittag, aber ich konnte Pablo auch keinen Vorwurf machen.

Zwischendrin schleppten wir uns und unsere Einkäufe die Treppen rauf und runter. Das ging zwar immer besser, aber bis es richtig gut ging, mussten wir wieder abreisen. Wir sahen das Ganze trotzdem als eine schöne Erinnerung an – halt mit Hindernissen. Aber jeder weiss ja, dass das Leben voller Hindernisse ist ...

***

Als wir dann wieder zu Hause waren, hat Blondie endlich mal ein neues Bett gekauft. Wenn Sie mich fragen: war auch höchste Zeit, denn unter das alte kam ich nun gar nicht mehr drunter. Sie sagte, ich sei gewachsen, und dabei dachte ich eigentlich, das Bett sei niedriger geworden. Jedenfalls war das neue Bett viel angenehmer, weil es höher war, und wenn ich mich ganz flach machte, passte ich ganz knapp drunter.

Denn nach wie vor versuchte ich, wenn es irgendwo knallte oder wenn ich sonst ein ungewohntes Geräusch hörte, unter dem Bett zu verschwinden. Das erinnerte mich an ein Gebüsch, das ich irgendwie noch in Erinnerung hatte und unter dem ich auch verschwinden konnte. Aber das muss in einem früheren Leben gewesen sein – oder vielleicht war es auch nur Instinkt.

Natürlich gab es aber auch dabei ein Problem: Ich hatte Blondie nicht mehr so genau im Blick und wenn sie aus dem Bett aufstand, musste ich mich fürchterlich sputen, um hinterherzukommen. Ich liess sie ja keinen Schritt allein laufen, die Möglichkeit, dass sie etwas isst und mich dabei übersieht, wäre einfach zu gross gewesen. Und zu ärgerlich.

Wir hatten uns aber darauf geeinigt, dass sie mir sagte, wohin sie ging. Wenn sie z. B. sagte: „Ich gehe aufs WC", dann wusste ich, da musste ich nicht unbedingt mit, da konnte ich nichts verpassen, obwohl ich dem WC nach wie vor nicht traute ... Und einmal hatte sie mich reingelegt, da hatte sie zwar „WC" gesagt und ich hatte ihr vertraut – aber dann war sie doch in die Küche gegangen. Sie hätte es sich anders überlegt, sagte sie. Ich bitte Sie: Das war pure Absicht und danach habe ich dann eine ganze Zeit lang genau aufgepasst, dass das nicht wieder vorkam ...

Manchmal muss man auch wirklich aufpassen wie ein Sperber. Blondie hatte mir ja immer wieder gesagt, sie würde mich nie mehr allein lassen. Aber dann habe ich mal den Test gemacht: Ich hatte mich total verschnüffelt und nahm natürlich an, dass sie auf mich warten würde. Irrtum, sie ist einfach ohne mich weitergelaufen. Da wäre ich doch ganz schön im Schilf gestanden, wenn ich das nicht im letzten Moment gemerkt hätte! Aber so ist sie, manchmal!

Vom neuen Bett aus sah ich auf unserem Balkon auch Vögel, diese kleinen Flugzeuge. Keine Ahnung, was die da machten, aber denen würde ich mal ganz schnell klarmachen, wer hier der Boss ist. „Die wohnen auch hier", sagte Blondie und: „Nein, Pablo, du reisst den Vorhang runter", wenn ich ans Fenster sprang. Ich fand ja sowieso, dass der Vorhang im Weg war, und insofern wäre das für mich o. k. gewesen. Mich störte das unruhige Geflatter, das weckte den Jagd-Instinkt in mir, obwohl ich ja gar nicht eigentlich ein

Jagdhund bin. Aber wenn sie das Fenster aufgemacht hätte, hätte ich mich wahrscheinlich ja doch vornehm zurückgezogen.

So wie damals, als wir neben der Schaf-Weide parkten. Als sie die Hintertür vom Auto aufmachte, kam uns ein grosses Schaf entgegen und sagte: „Böööh". „Na", dachte ich, „da gehst du besser mal nicht raus" – und zog mich in meiner Box zurück. „Komm, du Feigling!", sagte Blondie. „Das ist ein Schaf und das tut dir nichts." Gerade, als ich aussteigen wollte, machte es noch einmal „Bööh", und ein anderes rief hinterher: „Bääääh", und dann hatten sie noch so komische Glöckchen, die im Takt dazu bimmelten. Da hatte ich ganz schön Muffensausen und bin ganz schnell rausgesprungen, habe die Ohren angelegt, den Rücken krumm gemacht, den Schwanz zwischen die Beine gekniffen und bin erst mal in den Wald gerannt und habe geschaut, was weiter passierte. Nichts passierte, aber dumm war trotzdem, dass ich nachher auch wieder ins Auto musste. Und die Schafe immer noch da waren ...

Einmal bin ich mit Blondie und Jenny und Sidi zum See gegangen und da waren auf der Seite sehr grosse Tiere mit ebenso grossen Augen und Hörnern. Hunde waren das nicht, sie hiessen „Kühe", sagte Blondie. Sie schienen aber recht freundlich zu sein und ich dachte, ich könnte ja mal näher rangehen. Dazu musste ich nur unter einem Zaun durchkriechen – und genau dabei passierte es. Irgendetwas durchzuckte mich, traf mich mit voller Wucht, so dass ich wie aus der Kanone geschossen und lange und laut schreiend davonrannte, eine total verblüffte Blondie mit den anderen beiden zurücklassend. Ich habe mir lange, lange überlegt, ob ich wohl überhaupt wieder zurückgehen wollte, und wenn Blondie nicht gewesen wäre, hätte ich das nicht getan. So tat ich es dann nach einer Zeit trotzdem und sie tröstete mich und erklärte mir, dass das ein „Elektro-Zaun" sei und dass ich dem besser ausweichen sollte. Da können Sie aber Gift drauf nehmen!

Und uiiih, es gab sie hier doch auch. Katzen, Erzfeind eines jeden anständigen Hundes. Am Abend gingen wir, wie üblich, gegen halb elf zum letzten Mal vor dem Schlafen runter und schon als Blondie die Tür aufmachte, witterte ich einen bekannten Geruch. Ich also nix wie raus aus der Tür – und da sass sie. Und sah mich auch noch frech an. Losspurten und dabei durchdrehen war eins und sie rannte wie der Blitz – und ich hinterher. Plötzlich war sie weg. Ich weiss nun nicht, ob sie das besonders geschickt gelöst hat oder ob es daran lag, dass ich auf den letzten Metern „zufällig" ein bisschen langsamer wurde. Na ja, ich meine: Was hätte ich denn gemacht, wenn ich sie erwischt hätte? Na also!

Blondie hat mir dann erzählt, dass hier in der Schweiz Hunde und Katzen zusammen leben können. Daran zweifle ich sehr, Blondie erzählt ja immer so seltsame Geschichten. Aber sie hat gesagt, dass auch der Esref von meiner Patentante Barbara eine Katze hat, die er offenbar sehr liebt. Ich kann mir das beim besten Willen nicht vorstellen – aber wenn Blondie es sagt ... Das werde ich noch abklären. Ich kann mir auch nicht so richtig vorstellen, dass Barbara eine Katze gernhaben kann. Ich meine, wenn sie doch den Esref hat ...

Heute habe ich mir sowieso überlegt, ob Blondie wirklich so klug ist, wie ich am Anfang dachte. Stellen Sie sich vor: ich liege neben ihr auf dem Bett, total relaxt, schaue einfach so in die Luft und fiepe vor lauter Glückseligkeit. Plötzlich fragt sie mich „sag mal, wie machst du das eigentlich, dass du so fiepen kannst?". Das hat sie also nicht gewusst, wie das geht – und ja, wie mache ich das eigentlich? Ich weiss es auch nicht, es fiept mich einfach.

***

In diesem Sommer hatte ich keine längere Reise geplant wie sonst, weil ich die Hunde nicht allein lassen wollte, aber ich spielte mit dem Gedanken, im Herbst, wenn Pablo dann zwei Jahre alt wäre, vielleicht doch noch ein paar Tage ohne ihn zu verreisen. Der Sommer verging und wir genossen die schönen Tage hier und sehr schnell war da Pablos zweiter (angenommener) Geburtstag. Ich wunderte mich, wie schnell die Zeit vergangen war – und auch, dass wir immer noch zusammen waren ...

Er hatte immer noch so ein paar Tücken. Im Grossen und Ganzen folgte er nicht schlecht, aber ich konnte ihm einfach nicht abgewöhnen, mich und alle anderen Leute anzuspringen. Entweder er ging jemandem aus dem Weg, oder er freute sich so unbändig, dass er den anderen fast umwarf. Ich hoffte darauf, dass er ja älter werden würde und dass ihm das Springen dann vermutlich weniger Spass machen würde. Und er kläffte. Edy liebte er heiss und innig und am liebsten hätte er vermutlich Sidney den Hals umgedreht, weil der halt doch Edys Hund und damit klar seine Nummer eins war. Aber er hatte immer noch Respekt vor Sidney und akzeptierte widerwillig seine Rolle als Nummer zwei. Ich war zuversichtlich, dass ich ihn im November für drei Wochen bei Edy lassen könnte, und so buchte ich wieder einmal Ferien in Amerika.

***

Der Wald hier in der Schweiz ist eine gute Erfindung. Manchmal durfte ich auch mit Brigitte, die zwar im Sommer immer auf „ihrer Insel" wohnt, aber dann doch auch wieder einmal zurückgekommen war, und Mimi im Wald spazieren gehen – auch ohne Schnee. Mimi wollte immer weglaufen. Brigitte sagte, sie sei ein Terrier und Terrier seien sehr von der Nase bestimmt. Was das wohl heisst? Eine Nase hatte ich schliesslich auch. Ich lief auf jeden Fall nicht weg. Wenn ich den Weg nicht wieder zurück finden würde, wäre ich ja dumm dran und das hätte mir grade noch gefehlt.

Meine liebe Blondie scheint nun rapide älter zu werden. Die Vorfälle häufen sich, in denen sie sich zu mir runterbeugt und sagt: „Ja, wo iss denn mein guter Pablo, wo isser denn?" Das lässt mich schwer nachdenken. Ich meine: Ich stehe vor ihr und sie fragt, wo ich bin? Und nachdem ich ein bisschen zugenommen habe, bin ich ja auch nicht so leicht zu übersehen – obwohl ich die Aussage, dass man mich nun bald als Nachttischli benutzen könne, energisch von mir weisen muss!

Und dann besuchte uns unsere Tante Else. Tante Else wohnte eigentlich in Deutschland und sie war genau genommen die Tante von Blondie, aber sie hat mich auch ziemlich schnell als Verwandten akzeptiert. Und ich liebte sie vom ersten Moment an, obwohl ich manchmal das Gefühl hatte, dass sie Jenny deutlich bevorzugte. Blondie sagte aber, das sei nur, weil Tante Else Jenny eben schon viel länger und besser kenne. Aber kennenlernen konnte sie mich ja auch.

Tante Else hatte einen grossen Vorteil: Wenn man an ihr hochsprang, dann kreischte sie so herrlich! Aber wie immer, wenn es am schönsten war, musste sich Blondie natürlich wieder einmischen und mich auf meinen Platz schicken. Sie sagte, mit der Tante sei es ähnlich wie mit Jenny, sie sei auch nicht mehr jung genug für solche Spässe. So sah sie eigentlich gar nicht aus, aber wenn Blondie meinte ... Ich hatte immer ein bisschen Mühe, das Alter von Menschen einzuschätzen. Vielleicht war Blondie auch nur eifersüchtig, wie ich mit der Jenny. Pro forma hatte ich mal probiert, was es so mit dem Körbchen im Wohnraum auf sich hatte, aber das fand ich eher langweilig – ich ging zwar rein, wenn man mich hinschickte, drehte mich aber grade wieder um und stieg wieder raus. Und verstand die Jenny nicht, die stundenlang darin liegen konnte und vor sich hin träumte.

Tante Else hatte aber einen grossen Vorteil: Wenn man sich hinsetzte und seinen treuesten Blick aufsetzte, dann sagte sie: „Ja, ja, du armer Hund, ich weiss es schon, du hast Hunger!" Bingo, das war doch genau das, was ich ihr sagen wollte. Und sofort schaute sie, ob sie etwas Essbares fand, das sie mir geben konnte. Ich musste nur immer auf der Hut sein, dass Blondie nicht in der Nähe war, denn die hätte sich sofort mit ihrem „Nein" eingeschaltet und ich konnte dann nur noch ein langes Gesicht machen.

Und Tante Else hat auch gesagt, ich sei ein fürchterlich neugieriger Hund, aber bitte schön, muss ich nun aufpassen oder nicht? Und ist das dann Neugier? Na bitte! Wenn sie sich in der Wohnung bewegt, laufe ich natürlich hinterher, ich könnte ja verpassen, dass sie etwas zu essen holt. Oder, noch schlimmer, dass sie Jenny was gibt und mir nicht.

Ausserdem hatte sie immer ein Papier-Taschentuch in der Westentasche stecken. Das hatte ich mal per Zufall rausgefunden und Papier-Taschentücher sind nun wirklich meine Leidenschaft. Ich kannte die von früher her sehr gut und wusste, dass man die in hundert kleine Teile zerreissen konnte (zur Freude von Blondie) und so gab ich mir die allergrösste Mühe, die Dinger aus ihrer Tasche zu fischen. Und auch dann juchzte sie so schön und ich glaube, sie freute sich auch über das schöne Spiel.

Bei der Gelegenheit hatte ich dann auch wieder versucht, aufs Sofa zu steigen, so ganz unauffällig und nebenbei. Ich meine, Blondie und die Tante hingen da ja auch so herum, Jenny lag auf einer Sofa-Seite – und da wäre es ja wirklich auf einen mehr oder weniger nicht angekommen. Ging aber nicht. Bis Blondie sagte, ich dürfe mal auf ihrem Bauch liegen, weil junge Hunde Körperkontakt brauchen. Das war immerhin etwas und auch gar nicht so schlecht, aber das Sofa wäre mir trotzdem lieber gewesen, es hätte nicht so gewackelt. Tante Else sagte: „Ooooh, du grosser Esel!", als sie mich auf Blondies Bauch liegen sah. „So ein grosser Esel liegt da auf dem Bauch vom Frauchen." Ich hatte keine Ahnung, was ein Esel war, aber dem Tonfall war zu entnehmen, dass es wohl eher etwas Beleidigendes war. Also zeigte ich ihr mal meine Zähne und knurrte. Ich glaube, sie war sehr beeindruckt, liess sich das aber nicht so anmerken. Also mit dem Sofa würde ich es wohl ähnlich halten müssen wie damals mit dem Bett: immer wieder probieren und probieren. Irgendwann würde mir das sicher auch gelingen und so lange lag ich halt vor ihren Füssen auf dem Teppich. Und ärgerte mich.

Eines Abends sagte Blondie zu mir: „Komm, Pablo, wir gehen ins Bett – sag der Tante Else gute Nacht!" – und ich wusste nicht genau, was sie damit meinte. Es stellte sich dann heraus, dass sie wollte, dass ich zu Tante Else ging, mich vor sie setzte, sie treuherzig anschaute und ihr die

Pfote gab. Na, wenn es nicht mehr war – das konnte ich doch machen, und das tat ich dann auch jeden Abend, man muss schliesslich auch höflich sein.

Und dann merkte ich, dass Blondie mal wieder mit Trick gearbeitet hatte. Tante Else war nur bei uns, weil sie auf Jenny aufpassen sollte, und mich wollte sie zu Edy abschieben, während sie für drei lange Wochen in die Ferien gehen wollte. Nach Amerika. Ich habe ja nun wirklich keine Ahnung, was und wo Amerika ist, aber ich weiss doch, dass Jenny von dort kam.

Sie würde doch wohl um Gottes willen nicht nach Amerika reisen, um einen neuen „Mopp" zu holen (da war sie doch wieder, die alte Gehässigkeit ...)? Und sowieso, wie stellte sie sich das vor? Ich bei Edy? Schon wieder? Der hatte doch immer noch den Sidney! Schlimm genug, dass der Sidi auch manchmal zu uns kam. Sie wollten offenbar wieder so eine Art Austausch-Hunde aus uns machen – als ob man Hunde so einfach austauschen könnte! Und sie liess nicht mit sich reden. Sie packte den Koffer, was ich ja schon einmal als offenen Affront auffasste, und ich bewegte mich keinen Zentimeter davon weg. Für den Fall, dass sie mich vielleicht doch einpacken wollte.

****

Ich hatte ihm beigebracht, sich abends mit Pfötchengeben von Tante Else zu verabschieden, und das tat er dann ganz brav jeden Abend. Der magische Satz hiess: „Sag der Tante Else gute Nacht!» – und er lief zu ihr, setzte sich vor sie, sah ihr tief in die Augen und gab ihr die Pfote. Bis ich eines Abends merkte, dass er nach dem Pfötchengeben noch trödelte, von einer Ecke in die andere, und als er lange nicht kam, dachte ich: „Wo ist denn der Hund?" Er, der sonst immer an meinen Schuhsohlen klebte?

Leise ging ich nach vorn in die Küche, und da standen sie: Tante und Hund, genüsslich beim Verspeisen von Keksen, und als sie mich sahen, zuckten beide gleichermassen erschrocken zusammen. Ab dann trödelte er immer, und wenn er schlussendlich ins Schlafzimmer kam, wackelte er glücklich mit dem Schwanz, happy, dass es ihm wieder gelungen war, noch einen Keks rauszuschinden.

Aber als ich dann abreiste, war mein Gewissen nicht ganz so rein, und zwar wegen Pablo – und auch Edy gegenüber, der mit zwei Hunden natürlich wesentlich mehr zu tun hatte als nur mit einem. Zu unserer aller Freude war der Sidney nun doch ziemlich ruhig geworden, er lag im Büro fast den ganzen Tag auf seinem Platz und schlief (wie Jenny auch, wenn sie mit ins Büro ging), und nun war es Pablo, der immer nach Unterhaltung lechzte. Um Jenny machte ich mir keinen Moment Sorgen, sie war bei Tante Else bestens versorgt und liebte sie auch heiss und innig und sie war, das konnte man ganz deutlich merken, froh, dass die Konkurrenz einmal aus dem Haus war. Ich fragte mich so manches Mal, wie es zu Hause wohl so gehe, aber Edy versicherte mir, es sei alles in Ordnung.

Und als ich nach drei Wochen zurückkehrte, holten mich Edy und Pablo am Flughafen ab. Pablo war sehr aufgeregt und stand erst einmal stocksteif da und schaute mich fassungslos an, bis er in einen wilden Freudentanz ausbrach und sich fast nicht mehr beruhigen konnte. Er schrie vor Glückseligkeit und die Leute blieben stehen und lachten über ihn. Und ich weiss nicht, wer von uns beiden glücklicher war, dass wir uns wiederhatten ...

***

Sie ist wiedergekommen, sie ist wiedergekommen – und jetzt, im Nachhinein kann ich es ja sagen: Schlecht war es nicht bei Edy. Und den Edy und die Mara, die habe ich schon gern, das muss ja auch einmal gesagt sein. Das Problem war eigentlich nur, dass sie dem Sidi gehörten, und so kam der halt immer zuerst. Ich sei grösser und solle vernünftig sein, sagte Edy. Nur weil ich grösser bin, muss ich ja nicht dümmer sein, oder?

Ich konnte beim Sidi meinen Kauknochen nicht benutzen, den hätte er mir sofort weggenommen – und dabei brauchte ich den doch, wenn ich Stress hatte, und Stress hatte ich eigentlich ständig.

Der Kauknochen sei so eine Art Nuckel, wie ihn Babys benutzen, hatte Blondie mir erklärt. Natürlich habe ich das sofort verstanden, denn der Emanuel hatte auch einen Nuckel, auf dem er dauernd rumbiss. Ich hatte nur nicht ganz verstanden, warum – ich meine, ein schöner Knochen, o. k., aber – ein Nuckel?

Ein paar Mal sind dann auch die Fetzen geflogen, weil der Sidi so eine unangenehme Art hatte, aus der nächstbesten Ecke auf mich loszuschiessen und mich anzuschreien, gerade wenn ich im schönsten Kauen war. Und genau diesen Knochen wollte der Sidi dann auch haben. Er hatte zwar keine Zähne mehr, um ihn zu beissen, aber ich liess vor Schreck den Knochen fallen – und, schwups, hatte er ihn. Das konnte ich doch nicht auf mir sitzen lassen, also kläffte ich ihn blöd an, er kläffte zurück. Bis der Edy uns beiden den Knochen wegnahm.

Eigentlich hatte ich mir ja vorgenommen, dem Sidi so langsam zu zeigen, wie das mit dem „alten Eisen" und den „jungen Spunden" ging (mein Gott, habe ich das wirklich gerade gesagt? Manchmal rede ich schon noch dummes Zeug!) , aber vorsichtshalber habe ich das doch noch einmal aufgeschoben. Peace, Freunde!

Ich gab mir Mühe, mich anständig zu benehmen, und na ja, wenn ich das nicht tat, sprang der Sidi sofort auf mich zu und verwies mich in die Schranken. Wie gesagt, es war nicht schlecht, aber ich habe doch fast einen Handstand gemacht, als ich Blondie wiedersah.

Edy hatte gesagt: „Komm, du kannst mitkommen!", und dann sind wir mit dem Auto bis zum Flughafen gefahren. Die verschiedenen Gerüche dort kamen mir bekannt vor, aber nie im Leben hätte ich damit gerechnet, dass ich dort Blondie wiedersehen sollte. So konnte ich es erst auch gar nicht glauben, als ich sie sah. Ich dachte, das müsse Einbildung sein, aber als sie auf mich zukam, roch sie auch wie meine gute alte Blondie, und da klingelte es bei mir und ich knallte buchstäblich durch und hüpfte vor Freude juchzend im ganzen Flughafengebäude umher. Was interessierte es mich, dass die Leute schauten – wenn die so glücklich wären wie ich, würden sie sich vermutlich noch ganz anders aufführen. Etwas allerdings hatte ich nicht verstanden. Warum sagte Blondie bloss: „Na prima, dann ist ja die ganze Erholung auch wieder gleich beim Teufel!"?

Und kaum war sie wieder da, ging der Ärger auch schon wieder los.

„Päuli, komm, Haare schneiden!", zuckersüsses Geflüster. Haare schneiden? Ist mir doch egal, wie sie ihre Haare schneiden will. „Das tut überhaupt nicht weh!" Moooment mal – wieso soll es mir weh tun, wenn sie ihre Haare schneiden will? Oder meint sie gar am Ende – ICH solle meine Haare schneiden lassen?

Schneidet man Hunden denn überhaupt die Haare? Ich finde, dass ich sehr hübsche Locken habe, und von denen möchte ich mich eigentlich auch gar nicht trennen.

„Du fühlst dich dann sehr viel wohler, und der Dreck bleibt auch nicht immer in deinem Fell hängen." Wer hat denn gesagt, dass ich mich nicht wohlfühle? Und Dreck habe ich auch noch keinen gesehen. O. k. – hin und wieder mal so ein paar Brösel auf dem Boden oder so, aber darüber muss man doch wohl gar nicht reden, oder?

Aber gut, wenn sie meint, gehe ich halt mit, viele andere Möglichkeiten hatte ich ja auch nicht. Ausgesehen hatte es anfangs sowieso eher wie ein fröhlicher Familienausflug. Jenny kam auch mit und ich hörte, dass auch ihre Haare geschnitten werden sollten. Das fand ich dann schon besser, da bin ich für Gleichheit (nur nicht bei den Futternäpfen!) – und wenn ich sie so anschaute, na ja, sie hatte es auch wirklich nötig, so lange Haare, wie sie hatte.

Im Wald haben wir angehalten und sind spazieren gegangen, das war ja alles noch ganz gut, und dann sind wir zum Hunde-Coiffeur weitergefahren. Da wurde es mir dann doch ein bisschen mulmig. Der Geruch, der da in der Luft hing, erinnerte mich ein bisschen an den „veterinario" – und die Sachen, die da rumstanden, auch.

Die junge Frau, die mich „bedienen" sollte, war ganz nett und sie brachte Jenny und mich in einen anderen Raum und natürlich hatte ich gedacht, Blondie bliebe bei mir, wie beim Tierarzt. Schön daneben gedacht. Bevor ich „piep" sagen konnte, war Blondie verschwunden und die nette junge Frau war plötzlich gar nicht mehr so nett – sie brachte mich nämlich in eine Art Badewanne, die ich vom ersten Moment an genauso leidenschaftlich hasste wie unsere daheim. Dann hat sie tatsächlich mit einer Schere an mir rumgeschnitten und auch noch mit so einem Apparat, der summte, und mir war wind und wehe, und die Nägel hat sie mir geschnitten und sonst noch alle möglichen überflüssigen Dinge getan. Dass sie das Gleiche dann auch mit Jenny machte, hat mich gar nicht beruhigt. Aber als Jenny „dran" war, konnte ich mir das Ganze ein bisschen näher anschauen und aus der Entfernung sah es gar nicht so schlimm aus, auch wenn es mich nicht richtig überzeugt hat. Nur: Als Blondie dann zurückkam, liess sie ein grosses Geschrei vom Stapel. „Wau, was sind das denn für schöne Hunde?!" Bitte sehr? Kannte sie uns etwa nicht mehr? Na, sooo hatten wir uns auch nicht verändert! Gern hätte ich ihr gesagt: „He, ich bin's, dein alter Pablo – und das da ist deine Jenny", aber Sie kennen ja mein Problem mit der Sprache und so blieb mir wieder mal nichts anderes übrig, als wie ein wildgewordener Handfeger um sie herumzuspringen und zu kläffen. Jedenfalls hat sie uns dann betütelt und gestreichelt und immer wieder gesagt, wie schön wir seien – so lange, bis ich es dann selbst auch fast glaubte. Und dann durften wir wieder mit ihr gehen. So schnell war ich schon lange nicht mehr aus einem Haus rausgestürmt und auf dem Rückweg sind wir noch einmal in dem schönen Wald spazieren gegangen und am Abend haben wir ein speziell gutes Dinner bekommen – was, Haare hin oder her, immer gut ankommt – und dann sind wir beide, Jenny und ich, auch früh eingeschlafen, wir waren doch ziemlich gestresst. „Einen Schönheitsschlaf halten", nennt Blondie das ja, aber angeblich waren wir ja nun schon so bildschön. Am liebsten hätte ich ihr noch gesagt, dass sie auch nicht übertreiben müsse. Da uns aber in den nächsten Tagen immer wieder Leute angesprochen haben und gefragt haben, ob wir frisch gebadet seien, muss ja wohl doch was dran sein an der Schönheitspflege und dem Schönheits- schlaf. Also gut, machen wir das halt, wenn's nicht allzu oft ist. Ich meine, so alle drei, vier Jahre einmal ...

***

Begeistert war Pablo wirklich nicht, als er zum ersten Mal zum Hunde-Friseur sollte. Jenny liess solche Sachen mit stoischer Ruhe und erhabenem Blick über sich ergehen, aber für ihn war das neu.

Ich wollte beide noch vor dem Winter scheren lassen, weil dann der eventuelle Schnee nicht so in ihrem Fell hängen blieb.

Mein ganzes Gesülze von Schönheit liess ihn absolut kalt, er war sich schön genug. Aber offenbar gefiel ihm der neue Haarschnitt doch auch, denn als ich ihn abholte, freute er sich unbändig – aber auch den restlichen Tag sprang er umher wie ein junges Reh. Natürlich wusste ich nicht, ob er froh darüber war, dass ich ihn doch auch dieses Mal wieder abgeholt hatte, oder ob er sich ganz einfach wohler fühlte. Ich jedenfalls war froh, denn ich hatte in den ganzen vergangenen Tagen immer wieder kleine Fellbüschel auf dem Teppich gefunden. Das hatte ich auch noch nicht gese- hen, dass ein Hund keine einzelnen Haare verliert, sondern gleich ganze Knäuel.

***

Nun war ich doch tatsächlich schon zwei Jahre alt, sagte Blondie und brachte mir eine Geburtstags-Wurst, und ich wusste immer noch nicht, was „Geburtstag" war. Aber auch in diesem Jahr fand ich das eine nette Idee. Ich hatte eine ganze Menge erlebt, von dem ich früher noch nicht einmal gewusst hatte, dass es das gibt.

Zweifelnd schaute Blondie mich an «Meinst Du, dass wir jetzt die neuen Vorhänge im Wohnzimmer installieren können?» fragte sie.

Na ja, also bitte, warum denn nicht? «Lässt Du sie in Ruhe?» Häh? Was konnte man denn mit Vorhängen so spezielles machen?

Lustige Sachen, das sollte ich schnell merken, denn als die Vorhänge kamen, waren sie nicht nur aus Stoff, sondern hatten auch noch einen Rahmen. Man konnte sie prima mit der Schnauze hin und her schieben und weil das so gut ging, tat ich es dann auch immer.

«Hör doch mal auf» sagte Blondie «ich habe schliesslich Vorhänge gewollt, weil sie vor dem Fenster sein sollen». Tja, das ist das, was sie wollte. Wie meistens wollte ich etwas ganz anderes und so schoben wir die Vorhänge immer wieder hin und her. Sie auf die eine Seite, ich auf die andere. Und dann hörte sie auf, darüber zu reden und da wurde es auch langweilig und gar nicht mehr reizvoll – ich liess sie dann sein. Jetzt schiebe ich nur noch, wenn ich ihr klar machen will, dass ich dringend mal raus muss. Clever, nicht?

Und kurz nach meinem Geburtstag fing es wieder an, kühler zu werden – es gehe auf den Winter zu, sagte Blondie. Ich merkte das hauptsächlich daran, dass sie Jennys Ski-Klamotten wieder hervorholte.

Aber in diesem Winter blieb der Schnee aus. Die Bergspitzen waren wohl weiss, aber hier unten bei uns war es nicht möglich, im Schnee zu spielen. Natürlich sind wir ein paar Mal auf den Berg gefahren – aber ich hätte wirklich gerne einmal gewusst, was daran war, wenn alle von den Wintern „früher" erzählten.

Und wenn es auch keinen Winter gab, „Weihnachten" kam trotzdem wieder und alles lief genauso ab wie im vergangenen Jahr. Nur dass ich in diesem Jahr natürlich wusste, dass ein Weihnachtsbaum ein besonderer Baum war und dass er nicht das ganze Jahr in der Stube stehen würde. Die ganze Familie, respektive unser ganzes Rudel, hat sich unter dem Weihnachtsbaum getroffen und die Kinder haben Musik gemacht. War ganz nett, bisschen viel Leute, aber es ging. Nur die Knallerei an Silvester, die hätte auch in diesem Jahr nicht sein müssen.

Und damit nicht genug: Nur ein paar Wochen später wurde wieder geknallt und draussen liefen viele Leute in total komischen Kleidern rum. Sie hatten die Gesichter bunt angemalt oder trugen etwas davor, so dass man ihnen nicht richtig in die Augen schauen konnte. Und dann wollten sie einen noch anfassen. Das kam natürlich überhaupt nicht in Frage – ich meine, ich kann ja nichts dafür, wenn die Leute nicht wissen, dass sie einen auf die Art nur verunsichern. Und eben – das Geknalle. Drei oder vier Tage lang habe ich mehr Zeit unter dem Bett verbracht als davor, und im Fernsehen knallte es auch noch. Das heisse „Fasnacht" oder in Deutschland „Karneval", hat Blondie gesagt, aber damit konnte sie mir gestohlen bleiben. Aber: Es ging vorbei, Gott sei Dank.

Zugegeben: Ich bin ein Feigling. Und das wäre sicher anders, wenn ich gross und schwarz wäre und blaue Augen hätte ...

Manchmal glaube ich noch so, wenn ich zurückdenke, ich könnte einmal woanders gelebt haben. Irgendwas, das sie „Insel" nannten, ist in meinem Kopf – aber das ist sicher ein Irrtum. Ich weiss auch gar nicht, wie ich darauf komme. Oder habe ich das einmal geträumt? Man hat ja manchmal so seltsame Träume, hin und wieder liege ich da und meine Beine zucken von ganz alleine und ich jammere so vor mich hin. Dann sagt Blondie meistens: „Na, Junge, hast du schlecht geträumt?" Nööö, nicht immer schlecht, manchmal auch ganz lustige Sachen, aber „geträumt" stimmt schon.

Dann kam er wieder, der Frühling, genau wie im letzten Jahr, und da sagte Blondie plötzlich: „Paul, jetzt gehen wir die Familie besuchen." Familie gleich Rudel – aber das kannte ich doch schon, oder?

Irrtum, sprach Blondie, zu unserem Rudel gehörten noch eine ganze Menge andere Menschen, die einfach nicht direkt hier wohnten, sondern in einem Deutschland. Also ich glaube, Blondie hat wirklich Hummeln im Hintern, dauernd muss sie irgendwohin reisen. Andererseits: Solange sie mich mitnahm, ging das ja noch. Jenny sollte bei einer Freundin von Blondie bleiben und das hörte ich natürlich sehr gern. Endlich war ich mal ein Einzelhund und musste keine Angst haben, dass mir jemand mein Futter wegfressen will.

Das war eine Fehlüberlegung, denn Edy, Mara und Sidi reisten auch mit. Zwar in ihrem eigenen Auto, aber ich konnte mir schon vorstellen, wie das gehen würde: Der Sidi würde immer die Nase vorn haben.

Also fuhren wir nach Deutschland und zumindest würde man dort deutschländisch sprechen, so dass ich alles verstehen würde. Sagte Blondie – sie sagte allerdings „deutsch" und liess das „ländisch" fort. Ich dachte mir aber schon, dass das dasselbe sei, und das war es auch. Und in Deutschland habe ich dann den Rest von unserer Familie kennengelernt, denn dort hat Blondie ihre Welpenjahre verbracht. Wir sind ein ganz schön grosses Rudel, wenn man all die Tanten und Onkel einbezieht, und ich war anfangs so verwirrt, dass ich gar nicht unterscheiden konnte, wer dazugehörte und wer nicht. Ich glaube, ich habe da ein- oder zweimal am falschen Ort geknurrt ...

Zu unserem Rudel gehörten sogar noch andere Hunde, mit denen ich dann ja wohl auch verwandt war. Die Candy hatte mich schon einmal in der Schweiz besucht und nun konnte ich mal schauen, wo sie wohnte. Sie ist ein Yorkie-Mädchen und ganz niedlich – ausser, dass sie dauernd hysterisch kläfft – und sie gehört Blondies Kuh-sine. Als sie das erste Mal zu uns kam, dachte ich schon, sie könne gar nicht laufen. Die Candy, nicht die Kuh-sine. Aber die hat die Candy immer auf dem Arm getragen und dann stellte sich heraus, dass sie das nur machte, weil sie dachte, ich würde die Candy sonst anfallen. Warum sollte ich so was Dummes wohl machen? Ich würde mir ja nur Ärger einhandeln, und als sie das endlich begriffen hatten, durfte die Candy auch Boden-Kontakt haben und die konnte ganz schön frech sein. Wie ein geölter Blitz schoss sie auf mich zu, immer bellend, und was sollte ich dazu sagen? Ich zog die Lefzen hoch und lachte sie aus – und die Candy war total ausser Rand und Band vor Begeisterung – und ich schon fast verlegen. Aber dann hat sie dauernd an mir rumgefummelt und Blondie hat gesagt: „Gut so, da siehst du wenigstens einmal, wie das ist, wenn man nicht in Ruhe gelassen wird", und ich hatte überhaupt keine Ahnung, was sie damit sagen wollte.

Und dann war da auch noch der Lucky. Der Lucky war fast so gross wie ich und hatte rotblonde Locken. Er komme auch aus Spanien, hat Blondie gesagt. Aus Spanien? Auch? Wer denn noch?

Er sei in einem Tierheim gelandet – von einem Herrchen, das böse zu ihm war, dort abgegeben worden. Also gut, wollte ich halt nett sein zum Lucky, aber als der in Richtung Blondie lief, habe ich glatt die Nerven verloren und habe mich sofort auf ihn gestürzt. Sie haben zwar gesagt, er habe Blondie nichts tun wollen, er habe sie nur begrüssen wollen – aber weiss man es denn? Zur „Belohnung" durfte ich dann den restlichen Nachmittag in meiner Box im Auto verbringen.

Gewohnt haben wir in einem „Hotel". Ich glaube, es gehörte uns nur ein Zimmer dort, jedenfalls haben wir dort geschlafen. Blondie im Bett und ich eigentlich auf meiner Decke. Als es dann dunkel war, bin ich aber vorsichtshalber in die hinterste Ecke unter dem Schreibtisch gegangen. Man weiss ja wirklich nie ...

Und hab ich nicht recht gehabt? Leise ging am Morgen die Tür auf – und ich hatte fast einen Herz-Stillstand. Ich hatte total vergessen, dass ich Blondie ja nun hätte verteidigen wollen, aber ich hatte die Hosen voll und so fing ich einfach wieder einmal an zu schreien. Wenn Sie jetzt denken, ich sei nicht wirklich tapfer, dann irren Sie sich – es sind immer nur die Schreck-Sekunden, die mir so zu schaffen machen! Um kurz darauf zu sehen, dass es nur der Edy war, mit dem Sidi, der mich zum Morgen-Spaziergang abholen wollte. Ein bisschen peinlich war mir das natürlich schon und ich habe noch so ein bisschen vor mich hingegrummelt, so als ob ich etwas zu sagen hätte, und hoffte, dass mein Geschrei darin untergeht. Als ich zurückschaute, sah ich Blondie schreckensstarr im Bett sitzen. Tut mir ja leid, Süsse – aber du hättest mich ja auch besser vorbereiten können! Und einen Wecker hat an diesem Morgen im ganzen Hotel wohl niemand gebraucht ...

Alles in allem war es aber ganz schön in diesem Deutschland. Wir fuhren hierhin und dorthin, es gab so viele fremde Gerüche und immer lief etwas, so dass ich wirklich froh war, wenn ich einmal zum Schlafen kam. Das holte ich dann auf der langen Rückfahrt in die Schweiz nach und so richtig schön erholt kam ich zu Hause an und erzählte Jenny, was sie alles verpasst hatte. O. k., ich weiss, das war nicht sehr nett – und sie antwortete mir auch nur mit einem langen „Ppphhh" ...

***

Ich war schon sehr lange nicht mehr „zu Hause" gewesen, in Deutschland, und eine bevorstehende Klassen-Zusammenkunft war doch ein guter Grund für so eine Reise im Frühling.

Edy, Mara und Sidi sollten uns begleiten, in ihrem eigenen Auto, und Jani und ich würden mit Pablo im anderen Auto fahren, Jenny blieb bei einer Freundin. Für sie kam nun langsam die Zeit, in der ich ihr nicht mehr allzu viel Stress zumuten wollte.

Pablo ist ja ein begeisterter Auto-Fahrer, es ist ihm auch egal, wenn er im Auto warten muss – Hauptsache, dabei –, und so stieg er sehr schnell ein, als er das Gepäck sah. Und er war mucksmäuschenstill während der Fahrt, schaute aber ziemlich fassungslos, als wir eine Pause machten und Sidi plötzlich auch auf „seiner" Wiese stand.

Es war das erste Mal, dass Pablo in einem Hotel schlafen sollte, und ich fragte mich, wie das wohl gehen würde. Andererseits wusste ich, dass ich es irgendwann einmal probieren musste, denn möglicherweise müsste ich ihn ja auch in Zukunft einmal öfter mitnehmen. Das Hotel-Zimmer irritierte ihn, aber er blieb in meiner Nähe und war zufrieden. Ich musste ihm nur noch abgewöhnen, jedes Mal zu kläffen, wenn er ein Geräusch auf dem Flur hörte, und das würde ein schönes Stück Arbeit werden. Es gelang im Übrigen nicht, sein Beschützer-Instinkt – oder seine Angst – war grösser, und am nächsten Tag besuchten wir meine Cousine und ihre Familie, die Pablo schon von ihrem Besuch bei uns her kannte. Die kleine Candy, ein Yorkshire-Terrier, wartete gespannt und mit viel Getöse auf ihre „grossen Freunde" und es war kein Nachteil, dass wir alle drei raus in den Garten scheuchen konnten.

Ganz früh hatte Pablo schon den Schock des Tages erlebt: Edy hatte mir gesagt, dass er am nächsten Morgen mit Sidi früh rausgehen würde und dass er dann Pablo auch gleich mitnehmen wolle – und dazu hatte ich ihm unseren Zimmer-Schlüssel gegeben. Pablo lag friedlich und ziemlich unsichtbar in einer Ecke unter dem Schreibtisch, als die Tür langsam aufgeschlossen wurde. Damit hatte er natürlich überhaupt nicht gerechnet und er wusste nicht, ob er zuerst kläffen oder sich verstecken sollte – und so tat er beides und wie immer mit Geschrei. Ich nehme mal an, dass etliche Hotelgäste uns an diesem Morgen nicht unbedingt gute Wünsche mit in den Tag schickten ...

Im Grossen und Ganzen benahm er sich aber gut und ich war ganz zufrieden. Bis wir dann Tante und Onkel besuchten, die ebenfalls einen Hund hatten, der etwa gleich alt war wie Pablo und auch etwa gleich gross, den Lucky. Ich dachte, Pablo sei ja eigentlich ein Feigling, der allen anderen Hunden aus dem Weg geht, aber in diesem Falle sollte ich mich geirrt haben. Von dem Moment an, als ich Lucky begrüsste, war es vorbei für ihn – er schoss wie ein geölter Blitz auf Lucky zu und wollte Streit anfangen. Mit dem Resultat, dass er die nächsten zwei Stunden in seiner Box im Auto verbrachte, aber das war ihm offensichtlich egal, er war ganz zufrieden, als wir wieder ins Hotel zurückfuhren. Er fand es offenbar toll, dass immer etwas passierte, aber ich glaube, ein bisschen gestresst war er dann auch, denn die Rückfahrt verschlief er fast ganz.

Nachdem Pablo die Zeit im November ohne mich so gut überstanden hatte, konnte ich nun doch wieder daran denken, Sommerferien zu planen – ohne ihn. Die Reise, zusammen mit Anna und ihrer Familie, sollte über den grossen Teich gehen, wieder einmal, und der Gedanke, zusätzlich zu den Kindern den eifersüchtigen Pablo um mich herum zu haben, war nicht so verlockend. Jenny sollte bei Tante Else bleiben und Pablo sollte seine „Sommerferien" natürlich wieder bei Sidi verbringen. Umgekehrt würde Sidi auch wieder zu uns kommen, wenn Edy Ferien machte. Dieses Austausch-System bewährte sich ja ganz gut.

Irgendwie hoffte ich auch immer, es täte Pablo gut, und das war wohl auch so, zumindest ein Stück weit. Beim vorigen Mal war er sehr lieb gewesen, als er wieder nach Hause konnte, aber natürlich hatte er meine Abwesenheit schon nach ein paar Tagen wieder vergessen. Ich war also gespannt, wie das in diesem Sommer gehen würde.

Als ich den Koffer hervorholte, beobachtete Jenny mich genau – aber ich hatte das Gefühl, dass sie wusste, was da passierte, und dass es ihr mittlerweile egal war. Früher war sie auch sofort zur Stelle gewesen, wenn sie gemerkt hatte, dass da jemand verreisen wollte, und einmal hatte sie schon im aufgeklappten Koffer darauf gewartet, dass ich sie hoffentlich mit einpackte. Jetzt war sie aber offensichtlich froh, wenn sie ihre Ruhe hatte. Obwohl sie aus Amerika kam und viele Male wieder mit mir dorthin gereist war, war sie kein USA-Fan mehr. Die Reise war zu lang und das Klima dort passte ihr nicht so recht und das Gras wollte sie am liebsten gar nicht betreten. Es war viel stachliger als unseres und wurde zudem immer gegen alle möglichen Tiere gespritzt und das roch sie. Wenn ich irgendwohin ging, konnte ich sie kaum mitnehmen, denn in Läden oder Restaurants durfte sie nicht und im Auto konnte ich sie nicht warten lassen, es war zu heiss. Ich war also wirklich sicher, dass sie hier zu Hause besser aufgehoben war, und das Gleiche dachte ich von Pablo auch. Ich war mir aber schon auch im Klaren darüber, dass er nicht gleich dachte ...

***

Der Emanuel ist jetzt übrigens gar kein Bäh-bie mehr, er ist jetzt ein richtiges Kind. Nicht, dass mir das lieber wäre, aber er geht vorsichtig auf mich zu und streichelt mich auch manchmal. Kind ist aber Kind, ich werde aufpassen. Und doch hat er zumindest eine ganz liebenswerte Eigenschaft: Er will mich immer füttern. Blondie gibt ihm dann von meinen Leckerlis und die darf er mir geben und ich benehme mich natürlich ganz anständig, meistens jedenfalls, vielleicht ein bisschen gierig, aber na ja ... Vielleicht sind doch nicht alle Kinder so übel.

Obwohl: Unsere „grossen Kinder" interessieren sich eigentlich nicht für mich und das ist mir auch ganz recht so. Am ehesten noch der Patrik, aber der Joshua ist, glaube ich, nicht so ein Hundefreund. Umso mehr muss ich auf der Hut sein, dass sie mir nicht Blondie wegnehmen, an der hängen sie nämlich immer dran. Also hänge ich mich auch noch dran, wenn sie da sind. Jaaaha, ich freue mich schon, wenn sie kommen, natürlich – aber noch mehr, wenn sie gehen. Bis auf die Anna, die mag ich wirklich gut leiden. Aber ist ja klar, ist ja auch meine „Schwester".

Wir sind auch schon spazieren gegangen, die drei Kinder, Blondie, Jenny und ich und ein Kinderwagen, denn der Emanuel will noch nicht so weit laufen. Es war allerdings ein bisschen chaotisch, dauernd hat sich alles verheddert und Blondie hat nachher gesagt, auf fünf aufpassen sei schon eher mühsam. Da haben wir es dann wieder gelassen.

Im Büro muss ich immer noch einiges lernen, sagt Blondie, obwohl ich nun doch schon „so gross" bin. Sie meint damit vor allen Dingen, dass ich nicht immer alle Leute anbellen soll, die reinkommen. Aber erstens bin ich doch dafür da, und zweitens macht der Sidi das doch auch. Man weiss ja in der Regel auch nicht, ob da Freund oder Feind kommt, und die vornehmste Hundepflicht ist es eben doch, den Boss zu schützen. Und das geht sowieso besonders gut, wenn der Sidi als Vorkläffer agiert. Ausserdem läuft dann endlich was, denn meistens ist es im Büro ganz schön langweilig.

Dort ist manchmal immer noch die Wurfkette im Einsatz, die Blondie hinter mir her wirft, und dann knallt es neben mir und dann verstehe ich (theoretisch): „Aha, das darf ich nicht." Und weil ich doch dann so „lieb" bin und zu ihr zurückrenne, bekomme ich ein Leckerli.

Und wenn die Tür beim nächsten Mal wieder aufgeht, geht das Spiel wieder von vorn los ... Ich muss ihr ja auch nicht sagen, dass ich sehr wohl weiss, dass ich nicht bellen soll – aber dass ich sicher nicht so dumm bin und auf das Leckerli verzichte! Man muss schliesslich schauen, wie man zu was kommt. Manchmal kommen auch Leute, bei denen ich riechen kann, dass sie Angst haben, und bevor sie riechen können, dass ich eigentlich auch Angst hätte, greift Blondie immer schnell ein – noch bevor ich so richtig loslegen kann. Schade eigentlich. Schade für mich, nicht für die Leute.

Jetzt kann man im Restaurant schon wieder draussen sitzen – und die Menschen dort kenne ich nun fast alle schon ganz gut, es sind eigentlich immer dieselben. Und alle sind nett zu mir und die Frau Restaurant hat immer noch zittrige Hände (Gott sei Dank!) und auch die anderen Hunde, die ich dort treffe, sind alle Freunde geworden. Na ja, fast alle. Manchmal kommt ein Fremder und da muss man dann schon aufpassen. Klappt aber ganz gut. Meistens gehe ich ja auch auf die Seite, wenn ein anderer Hund kommt. Besser ist besser – und eigentlich will ich auch gar keinen Streit.

Aber Blondie sagt, ich sei jetzt ganz gut „sozialisiert". Ich glaube, sie meint damit, dass ich die Hunde-Höflichkeits-Regeln ganz gut gelernt habe, wie man sich richtig beschnüffelt und so. Und deswegen darf ich auch viel frei laufen und ich habe begriffen, dass ich wirklich viel mehr darf, wenn ich gut folge.

Heute ist mir aber aufgefallen, dass Blondie selbst wohl nicht so gut sozialisiert ist. Wenn wir andere Hunde treffen, dann sagt sie schon mal: „Guck mal, da kommt der Zorro mit seinem Frauchen!" (oder manchmal sagt sie auch nur: „Schau mal, Hundi!" – wenn ich den anderen Hund noch nicht kenne), und sie kennt die Namen von all den Hunden, die wir regelmässig sehen. Die von den Frauchen und Herrchen kennt sie nicht – und noch schlimmer, ich habe auch schon gemerkt, dass sie die fremden Frauchen und Herrchen manchmal gar nicht erkennt, wenn die keinen Hund an der Leine haben.

Probeweise schlafe ich jetzt immer öfter im Korb und eigentlich ist das auch gar nicht so schlecht. Das heisst, ich schlafe hin und wieder in meinem Korb – und dann zur Abwechslung in Jennys Korb, „Körbli-Tourismus" nennt Blondie das. Und zwischendurch schlafe ich auch auf dem Fussboden im Bad oder auf dem Schlafzimmer-Teppich, ich habe also eine ganze Auswahl an Schlafstätten. Unters Bett passe ich ja nun ausser mit dem Kopf leider gar nicht mehr, aber ich versuche es trotzdem immer wieder, besonders bei Gewitter ...

Und unsere Jenny braucht jetzt Augentropfen, sie sieht nicht mehr so gut, sagt Blondie. Das ist mir auch schon aufgefallen. Mich sieht sie zwar immer noch (zu oft), aber wenn sie eine Treppe betreten will, dann springt sie viel zu früh los – ich habe mich da schon gewundert. Das sei so, wenn man älter werde, sagt Blondie und gibt ihr eben Augentropfen. Und es ist wie immer: Wenn Jenny etwas bekommt, will ich das auch haben. Und ich bekomme es auch meistens, denn Blondie, die Gute, versteht das nun langsam und endlich.

„Paulchen", hat Blondie dann plötzlich zu mir gesagt – je nach Stimmung nennt sie mich Pablo oder Paul oder Päuli oder Paulchen und sie sagt, das sei alles dasselbe, „Du bist so ein richtiger Fettkloss geworden." Also bitte schön, würde ich so etwas jemals zu ihr sagen? Wenn ich sie so anschaue: Gerade mager ist sie auch nicht. Sie hat dann vorgeschlagen, ich solle eine „Diät" machen, aber wenigstens ist sie so nett und macht auch eine. Diät heisst für mich weniger Futter und für sie lauter Leckereien. Habe ich schon gesagt, dass das Leben manchmal sehr ungerecht ist? Aber: Wir haben beide abgenommen – und jetzt können wir dann ja wieder neu anfangen zu essen ...

***

Jenny braucht Augentropfen, ihre Augen sind nicht mehr ganz klar und ich merke, dass sie Mühe hat, Distanzen einzuschätzen. Und wenn Jenny Augentropfen braucht, braucht Pablo auch Augentropfen. Meint er. Also gebe ich Jenny ihre Portion und ihm halte ich nur die Flasche ans Auge. Er stöhnt vor sich hin, ist aber zufrieden damit, dass das so glimpflich abläuft, und ich denke, wenn er wirklich einmal Augentropfen benötigen sollte, ist er wenigstens schon daran gewöhnt. Jenny läuft weg, wenn sie das Fläschchen sieht – und Pablo kommt angerannt. Er kommt im übrigen auch, wenn ich Jenny bade. So sehr er das hasst: wenn Jenny gebadet wird, muss er das auch haben. Und das hat vermutlich noch nicht einmal nur mit dem Leckerli zu tun, dass es nach dem Baden «für brave Hunde» gibt.

Plötzlich wurde er richtig gemein Jenny gegenüber. Er legte sich in ihre Nähe und liess sie nicht vorbei, wenn sie wollte. Oder er starrte sie ununterbrochen an, was sie dann mit einem empörten „Weff" (Hilf mir!) quittierte. Er hatte das von Sidi gelernt, der dieses Spiel am Anfang mit ihm getrieben hatte. Mittlerweile hatte der drauf verzichtet – aber Pablo hatte sich daran erinnert. Ich dachte mir dann: „Das steckt vielleicht in ihm drin, wer weiss, was er so erlebt hat, das ihm plötzlich wieder in den Sinn kommt", und gab mir

grosse Mühe, ihm das auszutreiben – leider vergeblich. So, wie ich
ihm seine Neugier nicht nehmen konnte, die aber nach wie vor noch
von einer kräftigen Portion Angst und Vorsicht begleitet wurde.
Hunde-Hinterbeine können sehr lang werden, wenn die Nase weit
nach vorne gestreckt wird.

***

Sie will schon wieder in die Ferien gehen, und schon wieder
will sie mich nicht mitnehmen. Sie sagt zwar, sie „kann"
nicht, aber das kann glauben, wer will – zu mir sagt sie
schliesslich auch, dass man alles kann, wenn man nur will.
O. k., ich will nicht immer, aber so wäre es halt.

Ein bisschen hatte ich ja befürchtet, sie ginge weg, weil
ich doch immer so viel kläffe. Manchmal geht mir das ja
schon selbst auf den Geist, aber ich weiss auch nicht, was ich
dagegen machen kann: Es bellt mich einfach.

Schon wieder sollte ich also diese Zeit bei Sidi verbringen.
Dieses Mal habe ich mir aber wirklich vorgenommen, doch
mal auszutesten, ob ich ihm nicht klarmachen konnte, dass
er langsam sein Amt als Rudelführer abgeben sollte. Ich
meine, ich werde schon bald drei Jahre alt – und er dreizehn!
Ganz offenbar sah er das aber anders.

Die ersten Versuche, mal seine Sachen so ein bisschen an
mich zu nehmen oder als Erster zu fressen, gingen ganz
schön daneben und im Nu war die schönste Keilerei im
Gange. Meistens hat dann Edy eingegriffen und da war ich
auch nicht böse drüber. Ich war zwar so anständig und habe
nur Lärm gemacht, zugebissen habe ich nicht. Nur der Sidi,
der hätte Ernst gemacht. Einige Male hatte ich jedenfalls

ein nasses Fell und eine Schramme. Ich würde überhaupt nicht böse sein, wenn Blondie wieder zurückkäme und ich auch wieder nach Hause könnte und alles wieder mir allein gehören würde: Blondie, die Spielsachen, das Futter und ja, sogar Jenny.

Und natürlich kam sie wieder zurück. Na ja, ganz so natürlich war es vielleicht doch nicht, denn die Zeit dauerte so lange, dass ich wirklich schon dachte, sie habe mich ganz vergessen.

Aber dann kam er wieder, der Tag, an dem Edy sagte, er müsse noch etwas erledigen, und als er mich am Abend nach Hause brachte, da war sie wieder da. Ich dachte ja erst, ich hätte einen Sehfehler, aber sie war es wirklich, meine alte Blondie. Sie sah aus wie sie, nur ein bisschen dunkler, und sie roch wie sie (obwohl: da war auch viel Fremdes in der Luft – und vor allen Dingen roch ich Kinder, aber da wollte ich erst mal nicht drauf eingehen) – tja, und sie war es. Ich hätte mich kringeln können vor Freude. Ich meine, es war ja nicht schlecht bei Edy, aber daheim ist eben daheim. Und Blondie ist eben Blondie. Auch wenn sie noch so viele Fehler hat. Und schmusen kann ich sowieso nicht mit jemand anderem und das hatte mir doch gewaltig gefehlt.

Nur, neue und manchmal sehr seltsame Ideen hatte sie mitgebracht:

So kam sie zum Beispiel eines Tages an und erzählte mir und Jenny, sie habe gelesen, Hunde seien reine Profiteure. Also, so etwas sagt man einem Hund doch gar nicht, schon aus reiner Höflichkeit und damit der Arme keinen Komplex bekommt – und ich möchte auch gerne mal wissen, wer solchen Müll schreibt. ICH bin doch nicht so, ich doch nicht. Zugegeben, manchmal ist mir der Magen schon etwas näher als alles andere – aber das will doch gar nichts heissen.

Das war Blondies erste Idee – aber meine neueste war vielleicht auch nicht besser:

Ich hatte plötzlich das Gefühl, ich müsse Jenny doch ein bisschen mehr zeigen, wer der Boss im Hause war.

Von Anfang an hatte es mir ja nicht ganz so gepasst, dass sie auch auf „meinem" Bett sitzen durfte, und nachdem ich vom Sidi gelernt hatte, wie man einen anderen Hund schikanieren konnte, wollte ich das mit ihr auch mal probieren. Bei einem Hund draussen hätte ich mich das eher nicht getraut, aber bei ihr könnte das eigentlich gehen. Wenn ich also auf dem Bett sass und sie nur in Richtung Bett lief, bekam ich einen fürchterlichen Knurr-Anfall, so dass sie erst mal stehen blieb. Dann keifte sie mich an und das war für mich das Zeichen, auf sie loszustürzen und so zu tun, als wolle ich sie fressen. Natürlich ging dann sofort die Sirene los und in der Regel griff Blondie dann ein und schimpfte. Meistens mit uns beiden, weil sie nicht genau gesehen hatte, wer angefangen hatte. Na, das war doch schon einmal ein Teil-Erfolg.

Aber ich wollte ja gar nicht den ganzen Abend oder gar nachts auf dem Bett sitzen und aufpassen. In der Regel verbrachte ich mit Blondie da ein Viertelstündchen, wenn wir schlafen gingen, und dann bequemte ich mich an einen meiner Plätze, um dort meinen wohlverdienten Nachtschlaf zu halten. Und wenn ich einmal so stückweise unter dem Bett lag, musste ich nur knurren, wenn ich Jennys kurze Beine in Richtung Bett trippeln sah. Und weil mir ja eigentlich der genaue Überblick fehlte, vorsichtshalber ohne Pause. Und ohne Rücksicht auf die Tageszeit. Also auch nachts. Und irgendwie, ich weiss nicht, warum, hatte Blondie das gar nicht gern. Sie sagte, dass sie ganze Nächte meinetwegen nicht schlafen konnte, aber wusste sie denn nicht, dass man immer wachsam sein muss? Gut, vielleicht nicht wegen Jenny, aber sie hätte das bei grosszügiger Auslegung ja auch als Training sehen können.

Es gab aber auch die seltenen Momente, in denen Blondie „ein Guti" mit ins Bett brachte (das war ihre zweite Idee und mit Abstand die beste), und ich war der felsenfesten Überzeugung, dass sie das mit mir teilen wollte. Gut, sie war nicht immer der gleichen Meinung, aber manchmal gelang es mir, sie rumzukriegen, und so habe ich viele schöne Erinnerungen an tolle „Betthupferl" – und immer wieder Hoffnung, wenn ich sehe, dass sie etwas in ihren Händen hält ...

An einem anderen Tag erzählte sie mir, Idee Nummer drei, dass ich unmöglich „Sternzeichen Waage" sein könne, sondern eher „Skorpion". Also, ganz grundsätzlich: Ich bin ein Hund, und da kann ich auch nichts anderes als „Sternzeichen Hund" sein!

„Skorpion" sei eifersüchtiger als „Waage", sagte sie, das habe sie gelesen. Und ich sei seeehr eifersüchtig. Dabei weiss ich noch nicht einmal, was das ist. Wenn sie dabei meine Bewachungsinstinkte meint, dann müsste ich aber doch sehr an ihr zweifeln. Ist es gar am Ende so, dass Menschen doch nicht alles wissen?

Die vierte Idee hatte irgendetwas mit Allergien zu tun. Ich weiss nun aber nicht mehr ganz genau, wie das war: ob

Hunde allergisch auf Menschen sein können oder Menschen auf Hunde. In jedem Falle ist es aber wohl so, dass man dann Mensch und Hund trennen muss – obwohl, wenn ich mir das genau überlege, denke ich, das hat sie auch wieder nur gesagt, um mir Angst zu machen. Vielleicht, weil ich manchmal, wenn Kinder (vor allem fremde) schnell an mir vorbeirennen oder mich gar anfassen wollen, vor mich hin grummele. Und ich habe schon gehört, wie sie jemandem erzählt hat: „Pablo ist ein bisschen allergisch auf Kinder." Das könnte es nämlich sein – und dann kann ich auch gar nichts dazu.

Und es könnte auch sein, dass ich eine Katzen-Allergie habe – ich meine, so, wie ich Katzen nicht ausstehen kann …

Mit „unseren" Kindern komme ich zwar nun besser klar, ich tue einfach so, als ob ich sie nicht sähe. Dabei beobachte ich sie allerdings aus den Augenwinkeln heraus ganz genau. Ich denke jetzt, sie wollen mir Blondie nicht wirklich wegnehmen, sie scheinen nur irgendwie an ihr zu hängen. Aber manchmal geht sie mit ihnen weg und ich muss allein mit Jenny zu Hause bleiben, und, Mann, das hasse ich vielleicht. Ich weiss dann nicht, was läuft, und sie ist zu denen nett statt zu mir. Aber sie ist noch immer wiedergekommen und meistens dann auch noch ohne Kinder, und so kann ich nicht eigentlich meckern.

Und bei Idee Nummer fünf, der Sache mit dem Gedächtnis – da bin ich nun wirklich absolut unschuldig. Blondie sagt, Hunde hätten offenbar ein schlechtes Gedächtnis und ich im Besonderen. Und das nur, weil ich immer wieder vergesse, was ich wann, wo und wie machen soll. Dabei kann ich mich ganz genau daran erinnern, dass vor drei Tagen an einem bestimmten Platz in unserer Garage ein Papiertaschentuch lag. Nun ist es aber weg, leider. Aber allein, dass ich mich daran erinnere, beweist doch, dass ich keinen Alzheimer – was immer das auch ist – habe.

Und bösartig bin ich auch nicht. Auch wenn ich der Jenny immer den Weg versperre und mich aufführe wie der letzte Diktator. Und was „in mir drin ist", das weiss ich auch. Magen, nichts als Magen. Ich habe es ganz genau gehört, wie Blondie zu jemandem gesagt hat: „Also, der Pablo, der besteht eigentlich nur aus Magen. Er frisst alles und er frisst immer, wenn man ihn lässt." Also ist das ja wohl klar.

**

Die beiden hatten ein neues Alarm-System entwickelt, über das ich mich nur wundern konnte. Wenn Jenny (die eigentlich selten bellt) etwas hörte, kläffte sie plötzlich los. Woraufhin Pablo blitzartig versuchte, unter dem Bett zu verschwinden. Meistens verharrte er so dann einige Zeit, und wenn er meinte, dass die Gefahr vorüber sei, kam er hervor und fing seinerseits zu bellen an. Das wiederum irritierte Jenny (die ihren eigenen Einsatz schon vergessen hatte) so sehr, dass sie sich erneut kläffend ins Zeug legte. Und wenn beide dann endlich verstummten, schauten sie mich an, als ob sie fragen wollten: „War was?" ...

Diese Geschichte erinnerte mich sehr an Candy, einen unserer „Vorgänger-Lhasas". Ich hatte sie einmal mit in die Ferien genommen, und sie sah auch nicht mehr so gut, und plötzlich war sie in dem nicht gerade kleinen Ferienhaus verschwunden. Ich konnte sie einfach nicht finden und ich schaute unter anderem unter jedes Bett, und in einem Zimmer merkte ich plötzlich, dass ich nicht mehr allein war: Neben mir lag Candy und schaute genauso interessiert unter das Bett, gespannt, was ich dort wohl suchte oder finden würde ...

Dadurch, dass sie so schlecht sah (sie hatte diesen Sehfehler von klein
an und musste viele Behandlungen –meist ohne grossen Erfolg –
über sich ergehen lassen, aber trotzdem, oder gerade deswegen, sollte
sie mein Hund sein), ist sie auch ein paar Mal im Swimmingpool
gelandet, der an den Seiten eine runde Ausbuchtung hatte. Sie lief
auf der Umrandung in der Annahme, diese sei gerade, und jedes
Mal bei der Rundung machte es „platsch" und mein Hund ging
auf Tauchstation. Gott sei Dank war ich immer in der Nähe – und
dann durfte sie nicht mehr allein raus. Was sie eigentlich sowieso
nicht gerne tat, denn sie fühlte sich neben mir sicherer.

Da sind überhaupt so Erinnerungen an Hunde, die mich heute noch
schmunzeln lassen. Als Anna klein war, hatten wir einen Basset
Hound, unsere Allis, die heiss geliebt wurde, aber ziemlich träge war.
Ausser, wenn sie ihrem Ruf als „Suchhund" Ehre machen wollte.
Wann immer sich eine Gelegenheit ergab und sie etwas witterte, war
sie verschwunden, wir mussten immer aufpassen. Einmal habe ich
ihretwegen einen Bus zum Anhalten gebracht, er hätte uns Beide
überfahren können, aber ich habe das noch nicht einmal realisiert.
Und als wir in ein neues Haus gezogen sind und ein fürchterliches
Umzugs-Durcheinander war, hatte Anna die Aufgabe, auf Allis
aufzupassen, damit sie nicht durch eine der dauernd auf- und zuge-
henden Türen entschwindet. Und natürlich kam es wie es kommen
musste: Allis war weg. Ich weiss noch ganz genau, was ich Anna
damals gesagt habe, aber ich wiederhole es vorsichtshalber nicht,
und später habe ich mich auch dafür entschuldigt. Jedenfalls stob
die ganze Umzugs-Mannschaft (die wahrlich müde war) auseinan-
der und jeder suchte in einer anderen Richtung. Ohne Erfolg, und
als ich total entmutigt ins Schlafzimmer ging, um mich umzuziehen,
lag dort mit glücklichem Grinsen unsere Allis in ihrem Korb, froh,
dass sich endlich jemand um sie kümmerte, denn diese Tür war
zugeblieben. Das war so ziemlich die einzige Idee, auf die wir nicht
gekommen waren – aber am Hund lag es nicht ...

Heute, wenn ich Pablo manchmal beim Spaziergang hinterher-
schaue, kann ich mir ein Lächeln kaum verkneifen: Er hat so ei-
nen richtigen Schlendrian-Gang, von links nach schräg, aber mir
war schon auf der Insel aufgefallen, dass viele Hunde so liefen ... so
richtige Machos halt.

Immer wieder wurden wir gefragt, was er „denn für einer" sei. Und
mit meiner mittlerweile todernsten Auskunft „ein Balear-Terrier"
wusste niemand richtig etwas anzufangen, aber niemand wollte
auch zugeben, dass er von dieser Rasse noch nie gehört hatte. Die
meisten Leute kennen sich ja mit Hunderassen sowieso nicht so gut
aus (einmal wurde ich allen Ernstes gefragt: „Ist das ein Pudel?" –
und da war sogar ich verblüfft), aber immer wieder gab es Leute,
die mir sagten, dass er sicher kein Balear-Terrier sei, sondern ein
Kromfohrländer. Zugegeben, die Ähnlichkeit war gross – aber er ist
und bleibt eine Insel-Mischung.

Und einmal mehr glaubte ich daran, dass im Leben alles irgendwie
vorbestimmt ist: Ich hatte ein Zimmer neu eingerichtet und war
gerade dabei, eines der Bilder, die ich eingelagert hatte, aufzuhän-
gen, als ich realisierte, was es (etwas abstrakt, aber nicht zu sehr)
zeigte: einen mittelgrossen Hund, braun-weiss, mit Floppy-Ohren,
der mit offener Schnauze und nicht gerade unglücklichem Gesicht
in der Landschaft stand. Obendrüber hatte der Maler geschrieben:
„Wo bin ich?", und untendrunter: „Wer bin ich?".

Das Bild hatte ein befreundeter Kunstmaler gemalt – 1992. Mittler-
weile ist er verstorben, aber offenbar hatte er damals schon gewusst,
was ich viele Jahre später erst erfahren sollte: Irgendwo würde einmal
Pablo auf mich warten. Und dass das Bild in Spanien gemalt worden
war, wo der Maler viele Jahre gelebt hatte, machte alles perfekt.

***

Und dann, kaum zurück, hat sie mich schon wieder allein gelassen, sie ging, glaube ich, schon wieder in die Ferien. An einen Ort, der „Spital" heisst. Sie war aber nur ein paar Tage weg und als sie zurückkam, roch sie ganz anders als sonst, irgendwie krank. Sie hatte einen Verband am Bauch und ich wusste nicht, was das sollte. Aber eines wusste ich ganz genau: Ich durfte sie nicht anspringen und ganz besonders nicht versuchen, auf ihrem Bauch zu sitzen – und ich musste seeeehr nett zu ihr sein. Und das war ich dann auch, das hat sie sogar selbst gesagt – aber ich machte mir auch grosse Sorgen. Was wäre, wenn sie gar nicht mehr wie früher würde? Sie wurde aber wieder, es dauerte nur ein bisschen.

Und Ideen hatte sie mitgebracht aus „Spital" – unmöglich! Sie sagte, „sie wolle mehr für sich tun", und legte sich zum Beispiel so ein weisses Ding aufs Gesicht, mit Löchern drin, wo Nase, Mund und Augen sind. Ich möchte ja gerne mal wissen, wofür das gut sein sollte. Wollte sie sich vor mir verstecken? Sie sagt, das Ding heisse „Maske" und tue ihr gut. War „Maske" denn nicht das mit der Fasnacht?

Ich wäre ja für ein Vermummungs-Verbot, ganz generell und besonders auch im Winter, wenn die Leute plötzlich mit Mützen und Schal vor dem Gesicht rumlaufen, so dass kein Hund sie mehr erkennen kann. Wir sind doch darauf angewiesen, den Menschen ins Gesicht schauen zu können!

Und als sie wieder gesund war, hat sie angefangen, ein Zimmer in unserer Wohnung „umzubauen". Genau genommen heisst das, sie hat einen neuen Holz-Fussboden verlegen lassen und es gab neue Tapeten (nein, nein, nicht, was Sie denken: in diesem Zimmer war ich nicht „tätig" gewesen). Sie sagte, sie wolle in Zukunft hier mehr arbeiten, und ich finde das sowieso dumm, denn das tut sie ja schon im Büro. Aber: Weiss man, was die Menschen immer so im Kopf haben? Nein! Also liess ich sie machen. Bis ich plötzlich hörte: „Paaaablo, schau mal!!!" – So ein Ausruf bedeutet ja auch gerne mal „was zu essen" – ich also nix wie hin.

Und da stand sie dann, vor einem grossen Bild, ziemlich fassungslos. „Schau das mal an!" O. k., o. k, tat ich. Ohne dabei viel mehr zu sehen als ein Bild – und ehrlich gesagt, bei ihren Bildern habe ich manchmal Probleme. Ich erkenne sie oft nicht so gut, weil sie manchmal ganz schön abstrakt sind.

„Siehst du das?" – Oh Mann, wieso sollte ich das nicht sehen? „Siehst du den Hund?" Hund? Ich schnüffelte mal, aber das Bild roch nach nichts. Als sie merkte, dass ich irgendwie nicht nachkam, erklärte sie mir: „Da steht doch ein Hund, siehst du ihn nicht? Und der sieht genauso aus wie du!" Hm, nun ja, bei genauem Hinsehen war es wohl ein Hund, und wenn sie meinte, der sehe aus wie ich, also bitte – kann ja sein. „Und siehst du, was da steht?" Nein, sehe ich nicht, einen Moment lang hatte sie wohl vergessen, dass ich nicht wirklich lesen kann. „‚Wer bin ich?', steht da quer über das Bild geschrieben", erklärte sie, „und auch noch: ‚Wo bin ich?'" Was soll das denn heissen? Blondie wurde immer aufgeregter. „Das Bild hat ein Freund von uns gemalt, 1992. Als ob er gewusst hätte, dass ich dich eines Tages finde …!" Schweigen. Länger. Dann: „Leider lebt dieser Freund nicht mehr und ich kann ihm noch nicht einmal mitteilen, wie sprachlos ich bin."

Ich bin auch sprachlos – und das geschieht ja selten. Vorsichtshalber schaue ich das Bild noch einmal genau an und ja, ja, sie hat schon recht. Aber woher wusste denn der Maler, dass Blondie und ich eines Tages zusammenfinden?

Nach so vielen Jahren! Es gibt schon seltsame Sachen auf der Welt, als Hund kann man sich nur wundern.

Tja – und was hatten wir nun von der ganzen Sache? Ein „umgebautes" Zimmer, in dem ich nun nichts „Böses" machen darf, mit einem Bild an der Wand, über das sich Blondie immer noch wundert – und eine Menge Handwerker, die ein- und ausgingen und die ich noch nicht einmal verbellen durfte. Was ich natürlich trotzdem tat (und ausserdem habe ich immer versucht, ihnen ihre Arbeitsgeräte zu klauen) – und das hat vielleicht Nerven gekostet. Blondie und mich!

Von Zeit zu Zeit fiel mir auf, dass wir Menschen trafen, die wir vorher immer mit Hund gesehen hatten – aber der Hund fehlte. Und wenn Blondie dann fragte, und sie zögerte dabei immer so komisch, kam eine Antwort so ähnlich wie „ja, der ist jetzt im Hundehimmel, er oder sie war ja auch schon älter ..."

Da machte ich mir dann viele Gedanken, denn älter werde ich ja auch, sagt Blondie. Sie verknüpft das dann allerdings gerne mit „aber nicht vernünftiger ...". Wie genau ist das also mit dem Hundehimmel? Und wenn alle Hunde dahingehen, muss dort ja ein fürchterliches Gewimmel sein? Und man trifft garantiert auch die Hunde, die man eigentlich nicht treffen wollte. Genaugenommen ist das also nichts für mich, ich bleibe mal lieber hier.

Und plötzlich sagte Blondie dann auch noch, dass der Esref gestorben sei. Ich konnte mir darunter gar nichts vorstellen und dachte erst einmal, sie erzähle wieder eine ihrer Geschichten. Ich hörte aber höflich zu und dann kam wieder das Ding mit dem Hundehimmel. Und er komme auch nicht wieder, sagte sie. Ach ja? Das halte ich irgendwie für dumm. Ich meine, so schlecht war die Barbara als Mensch ja nicht und wer weiss schon, ob er dort im Himmel auch all die feinen Sachen bekommt, die er hier hatte. Sowieso verstehe ich ja nicht, dass ein ausgewachsener Hund freiwillig seinen Menschen verlässt – ich würde das ja niiieee tun. Aber Blondie hat auch gesagt, Barbara bekomme wieder einen neuen Hund, und das hat mich total konfus gemacht. Kann man denn einen Hund einfach so durch einen anderen ersetzen? Wenn Blondie da nur ja nicht auf falsche Gedanken kommt! Der neue ist angeblich noch ein Baby – ich bin gespannt, was da auf uns zukommt!

Mein dritter Geburtstag, der kam auf mich zu – ob nun als „Skorpion" oder „Waage", und Blondie erklärte mir, dass ich nun definitiv erwachsen sei.

Und dass ein erwachsener Hund seinen Spielzeug-Tieren nicht mehr die Ohren abfressen darf (dabei gehe ich mit meinem Igel wirklich liebevoll um, er ist noch kein bisschen kaputt), dass man im Büro keine Stifte klauen und zerbeissen darf, dass ein erwachsener Hund ordentlich „bei Fuss" zu laufen hat (als ob ich das nicht immer täte, nun ja, vielleicht nicht immer, aber manchmal ...), dass man Jenny nun endlich einmal in Ruhe lassen soll (weil sie mittlerweile ja auch schon dreizehn Jahre alt ist), dass man vor Kindern nicht zwangsläufig Angst haben muss (weil es auch ganz nette gibt), dass ein erwachsener Hund die Menschen nicht anzupöbeln und anzuspringen hat – und was ein erwachsener Hund sonst noch alles nicht mehr machen (oder aber, im Gegenteil, machen) soll. Wenn Sie mich fragen, ich will lieber gar nicht erwachsen sein, es war doch alles ganz gut so, wie es war.

Sie hat gesagt, ich lebte ja nun schliesslich in der Zivilisation und nicht mehr auf meiner Insel – und ich habe keine Ahnung, wovon sie redet. Wie kommt sie auf die Idee, ich hätte auf einer Insel gewohnt? Ich? Ich habe hier gewohnt – schon immer, da kann ich mich genau dran erinnern, das WEISS ich.

Und wenn wir uns einmal begegnen, dann werden Sie sofort wissen, wer ich bin. Sie kennen mich nicht?

Sie werden mich schon erkennen, Sie wissen es ja nun: nicht gross, sondern mittelgross; nicht schwarz, sondern weiss-braun; keine blauen Augen, sondern braune – und ich zwinkere Ihnen mit einem Auge zu und lächle ein bisschen ...

***

Pablo war langsam erwachsen geworden – er war nun schon drei Jahre alt.

Unsere Beziehung hatte sich sehr gefestigt, aber ganz uneigennützig ist sie ja nicht (man sagt das Hunden ja gerne nach):

Meine Hunde erwarten Aufmerksamkeit, Zuwendung, Begleitung und Futter (und das alles nicht zu knapp) – und auf der anderen Seite erwarte auch ich (abgesehen vom Futter) das Gleiche von ihnen. Wir haben also so eine Art „agreement", und das funktioniert mittlerweile bestens.

Die ersten Monate mit ihm hatte ich fast vergessen, aber geblieben war mir die Hunde-Bibliothek. Und eine Menge Erfahrungen. Ich sah all die Fehler, die ich gemacht hatte – und wusste, was ich beim nächsten Mal besser machen könnte, aber genau genommen war ich total zufrieden mit meinem „Pabi".

Und das, obwohl es immer mal wieder Momente gab, in denen ich ihn ins „Pfefferland" wünschte: wenn er z. B. morgens, wenn ich noch schlafen wollte, den absoluten Wachhund raushängen liess und jedes Geräusch verbellte oder verknurrte und nicht zu beruhigen war. Ganz besonders, seit er festgestellt hatte, dass sich auch über den Lichtkuppeln der Wohnung etwas bewegen konnte, und seiner Meinung nach von dort nun auch noch Gefahr drohte.

Oder wenn er im Auto plötzlich anfing, eine Serenade zu singen, nur, weil jemand neben mir sass und er nun nicht mehr die Hauptperson war, oder wenn er furchterregend bellend auf einen anderen Hund zulief und in dem Moment, in dem der andere ihn beachtete, schnell den Schwanz zwischen den Beinen einklemmte, allerdings mit der Spitze vorsichtshalber doch noch leicht wackelnd.

Oder wenn er auf Jenny zustürmte und sie einfach wieder einmal „übersah" und überrannte – von ihr natürlich mit empörtem Geschrei quittiert, aber es gab auch den Moment, in dem ich ihm sagen konnte: „Hol Jenny!", weil sie, die immer schlechter sah, in eine falsche Richtung lief. Dann rannte er manchmal zu ihr und stellte sich quer vor sie – was sie natürlich genauso empörte, aber immerhin zum Umkehren bewegte.

Und es gab sicher auch Momente, in denen er sich wünschte, er wäre „im Pfefferland" geblieben ...

Grundsätzlich aber war ich zufrieden, auch wenn er noch nicht perfekt war – aber das war ich in seinen Augen vermutlich auch nicht. Es langte für eine grosse Liebe und ich hoffe, dass wir zusammen noch viele schöne Jahre verbringen werden ...

Ob ich es bereut habe, dass ich ihn mitgenommen habe? Tausend Mal! Ob ich es wieder machen würde? Immer, immer wieder ...